SV

Band 841 der Bibliothek Suhrkamp

Ivan Bunin
Mitjas Liebe

Novelle
Aus dem Russischen von
Käthe Rosenberg

Suhrkamp Verlag

Titel der 1925 erschienenen Originalausgabe: *Mitina ljubov'*

Deutsche Erstausgabe 1925 bei S. Fischer, Berlin

Erste Auflage 1984

Druck: Nomos Verlagsgesellschaft, Baden-Baden
Printed in Germany

Mitjas Liebe

I

Der letzte glückliche Tag Mitjas in Moskau war der neunte März. So zum mindesten schien es ihm.
Er ging mit Katja um die zwölfte Mittagsstunde den Twerskoj-Boulevard herauf. Der Winter war unversehens dem Frühling gewichen, in der Sonne war es fast heiß. Als ob wahrhaftig die Lerchen angekommen wären und Wärme, Glanz und Freude mitgebracht hätten. Alles war naß, überall taute es, Tropfen fielen von den Häusern, die Hausverwalter hackten das Eis von den Bürgersteigen, warfen den klebrigen Schnee von den Dächern herunter, und überall war es belebt und voll von Menschen. Hochziehende Wolken lösten sich in feinen weißen Dunst auf, verschmolzen mit dem feuchten blauenden Himmel. In der Ferne war der Querschnitt des Boulevards schwarz von Menschen, in gütigem Sinnen thronte Puschkin auf seinem Postament, das Strastnoikloster leuchtete weithin. Aber das beste von allem war doch, daß Katja, die an diesem Tag besonders hübsch war, ganz Treuherzigkeit und traute Nähe atmete, des öfteren mit kindlicher Zutraulichkeit Mitjas Arm nahm und ihm, dem geradezu ein wenig vermessen Glücklichen, der so ländlich ausschritt, daß sie kaum Schritt mit ihm zu halten vermochte, von unten herauf ins Gesicht schaute.
Am Puschkindenkmal sagte sie unvermutet:
»Wie komisch du bist, mit welch lieber jungenhafter Unbeholfenheit ziehst du deinen großen Mund breit, wenn du lachst! Sei nicht gekränkt, eben wegen dieses

Lächelns liebe ich dich ja gerade. Und dann auch noch wegen deiner byzantinischen Augen . . .«
Bemüht, nicht zu lächeln, unterdrückte Mitja ein Gefühl der geheimen Befriedigung wie auch einer leichten Kränkung und antwortete liebenswürdig, indem er auf das Denkmal blickte, das jetzt hoch vor ihnen in den Frühlingshimmel emporragte:
»Was die Jungenhaftigkeit anbelangt, so geben wir, ungeachtet deiner achtzehn Jahre, in dieser Beziehung nicht allzuviel nach. Und einem Byzantiner bin ich so ähnlich wie du einer chinesischen Kaiserin. Ihr seid alle einfach verrückt mit eurem Byzanz, überhaupt mit euren Stilen und eurer Ästhetik. Ich verstehe deine Mutter nicht!«
»Du würdest mich an ihrer Stelle wohl in den Frauensöller einsperren, wie?« fragte Katja.
»Nicht in den Söller, aber ich würde einfach diese ganze sogenannte Künstlerboheme nicht über meine Schwelle lassen, alle diese künftigen Berühmtheiten aus den Ateliers, aus den Theaterschulen«, erwiderte Mitja und bemühte sich, weiter ruhig und nachlässig-freundlich zu scheinen. »Du hast mir selbst gesagt, daß Bukowjezkij dich aufgefordert hat, mit ihm im Restaurant ›Strielna‹ zu Abend zu essen, und daß Jegorow dir vorgeschlagen hat, dich nackt zu modellieren, in Gestalt einer sterbenden Meereswoge oder sonstwie, und natürlich fühlst du dich sehr geschmeichelt durch solche Ehre.«
»Trotzdem werde ich auch nicht um deinetwillen der Kunst entsagen«, sagte Katja. »Kann sein, daß ich wirklich abscheulich bin, wie du oft sagst«, fuhr sie

fort, obwohl Mitja nie dergleichen zu ihr gesagt hatte, »mag sein, daß ich verderbt bin, aber nimm mich, wie ich bin. Wir wollen uns auch nicht streiten; höre doch auf, mich mit deiner Eifersucht zu verfolgen, wenigstens heute, an solch einem wundervollen Tag! Begreifst du denn nicht, daß du trotz alledem für mich der Beste, der Einzige bist?« fragte sie halblaut und eindringlich, indem sie ihm jetzt gespielt verführerisch mit runden Augen in die seinen blickte, und versonnen zögernd deklamierte sie:

»Es webt Geheimnis zwischen uns,
Und Seel' mit Seele tauscht den Ring . . .«

Diese Verse berührten Mitja vollends schmerzhaft. Überhaupt war selbst an diesem Tag vieles unangenehm und schmerzlich. Unangenehm war der Scherz über seine jungenhafte Unbeholfenheit: es war nicht das erstemal, daß er ähnliche Scherze von Katja zu hören bekam, und sie waren nicht zufällig – nicht selten zeigte sich Katja bald in diesem, bald in jenem erwachsener als er, nicht selten (und unwillkürlich, das heißt: vollkommen natürlich) trug sie ihre Überlegenheit über ihn zur Schau, und er nahm das voll Schmerz hin, als Anzeichen einer irgendwie geheimen, verderbten Erfahrenheit ihrerseits. Unangenehm war das »trotz alledem« (»trotz alledem bist du für mich der Beste!«), und daß dieses aus irgendeinem Grund plötzlich mit gedämpfter Stimme gesagt worden war, und besonders unangenehm waren die Verse, der gezierte manierierte Vortrag derselben gewesen.

Allein, selbst die Verse und ihren Vortrag, das heißt,

eben das, was Mitja am meisten an den Kreis erinnerte, der ihm Katja wegnahm und seinen brennenden Haß und seine leidenschaftliche Eifersucht erregte, ertrug er verhältnismäßig leicht an diesem glücklichen Tag des neunten März, seinem letzten glücklichen Tag in Moskau, wie es ihn später häufig dünkte.

An diesem Tag, auf dem Rückweg von der Kusnjezkijbrücke, wo Katja bei Zimmermann einige Sachen von Skriabin gekauft hatte, begann sie unter anderm von seiner, Mitjas, Mutter zu reden und sagte lachend: »Du kannst dir nicht vorstellen, wie ich mich schon im voraus vor ihr fürchte!«

Nicht ein einziges Mal hatten sie bisher während der ganzen Zeit ihrer Liebe die Frage nach der Zukunft berührt, die Frage, womit ihre Liebe enden würde. Und da nun begann Katja plötzlich von seiner Mutter zu reden, und zwar nicht einfach, schlechthin, sondern so, als ob es sich ganz von selbst verstünde, daß seine Mutter ihre zukünftige Schwiegermutter sei . . .

II

Danach ging anscheinend alles wie früher.

Mitja begleitete Katja ins Studio des »Künstlerischen Theaters«, in Konzerte, in literarische Abende, oder er saß bei ihr in der Kislowkastraße, blieb oft bis zwei Uhr nachts sitzen, nutzte die merkwürdige Freiheit, die ihr die Mutter gewährte, eine immer rauchende, immer geschminkte Dame mit himbeerroten Haaren (die schon lange von ihrem Mann, der eine zweite Familie besaß, getrennt lebte). Auch Katja kam zu Mitja, in sein Gasthauszimmer in der Moltschanowkastraße, und ihre Zusammenkünfte verflossen, wie auch früher, in einem fast ununterbrochenen dumpf-schweren Taumel von Küssen. Aber hartnäckig wollte es Mitja so scheinen, als habe etwas Schreckliches seinen Anfang genommen, als habe sich etwas geändert, als beginne sich etwas in Katja, in ihren Beziehungen zu ihm, zu ändern.

Rasch flog jene unvergeßliche Zeit dahin, da sie sich eben erst begegnet waren, da sie, noch kaum miteinander bekannt geworden, plötzlich fühlten, daß es für sie nichts Interessanteres gäbe, als beieinander zu sein, als miteinander zu plaudern (und sei es von Morgen bis Abend), da Mitja sich so gänzlich unerwartet in jener märchenhaften Welt der Liebe fand, auf die er insgeheim seit seiner Kindheit, seit seiner Knabenzeit gewartet hatte. Es war Dezember um jene Zeit – ein frostiger, beständiger Dezember, der Tag für Tag Moskau mit dickem Reif und der dunstig-roten Kugel einer tiefstehenden Sonne schmückte. Die Monate Januar und Februar wirbelten Mitjas Liebe in einem Strudel ununterbrochenen Glückes herum, das schon verwirklicht oder zum mindesten bereit schien, sich jeden Augenblick zu verwirklichen. Doch auch schon damals begann etwas (und zwar öfter und immer öfter) sein Glück zu trüben, zu vergiften. Auch schon damals schien es nicht selten so, als ob es zwei Katjas gäbe: die eine, die Mitja vom ersten Augenblick ihrer Bekanntschaft an inständig ersehnt, begehrt hatte, die andere – die wirkliche, alltägliche, die so qualvoll nicht mit der ersten zusammenfiel. Und dennoch hatte Mitja nichts empfunden, was dem jetzigen Zustand geglichen hätte.

Es ließ sich zwar wohl alles erklären. Die weiblichen Frühjahrssorgen hatten eingesetzt, Bestellungen, endlose Umarbeitungen von diesem und jenem, und Katja mußte in der Tat häufig mit ihrer Mutter zur Schneiderin, zur Modistin; außerdem stand ihr eine Prüfung bevor – in jener privaten Theaterschule, die sie besuchte. Daher konnten ihr Besetztsein, ihre Zerstreutheit vollkommen natürlich sein. Damit tröstete sich auch Mitja jeden Augenblick. Aber der Trost wollte nicht helfen – was das argwöhnische Herz ihm entgegenhielt, war stärker und fand immer augenfälligere Bestätigung: Katjas innere Unaufmerksamkeit Mitja gegenüber wuchs immer mehr, zugleich damit wuchs aber auch sein Argwohn, seine Eifersucht. Der Direktor der Theaterschule verdrehte Katja den Kopf mit seinen Lobeserhebungen, sie konnte sich nicht enthalten und erzählte Mitja davon. Der Direktor hatte zu ihr gesagt: »Du bist der Stolz meiner Schule« – er duzte alle seine Schülerinnen –, und neben den gemeinsamen Studien begann er sich in der Fastenzeit noch mit ihr allein zu beschäftigen, um bei den Prüfungen mit ihr besonders zu glänzen. Es war aber bekannt, daß er seine Schülerinnen zu verführen pflegte und in jedem Sommer eine von ihnen mit nach dem Kaukasus, nach Finnland oder ins Ausland nahm. Und Mitja begann es sich in den Kopf zu setzen, daß der Direktor jetzt Absichten auf Katja hätte, welche, obgleich sie nicht schuld daran war, dieses wahrscheinlich dennoch fühlte, begriff, und darum schon gewissermaßen in gemeinen, strafbaren Beziehungen zu ihm stand. Der Gedanke daran beunruhigte und quälte ihn um so mehr, als die Verminderung von Katjas Aufmerksamkeit allzu sichtbar war.

Es war, als ob überhaupt irgend etwas sie von ihm abzog. Er konnte nicht ruhig an den Direktor denken. Aber nicht nur der Direktor! Es war, als ob überhaupt irgendwelche andern Interessen die Oberhand über Katjas Liebe gewönnen. Interesse für wen? für was? Mitja wußte es nicht, er war auf alle und auf alles eifersüchtig bei Katja, hauptsächlich aber auf jenes Ganze, das seine Einbildung ihm ausmalte und das heimlich vor ihm schon ihr Leben auszufüllen schien. Ihm war, als ob es sie unbezwinglich von ihm fortzog, irgendwohin, vielleicht sogar zu etwas, woran auch nur zu denken schon schrecklich war.

Einmal sagte Katja halb scherzend in Gegenwart ihrer Mutter zu ihm:

»Mitja, Sie urteilen über Frauen überhaupt wie nach dem ›Domostroi‹, unserm alten Familien- und Haushaltsbrevier! Aus Ihnen wird ein richtiger Othello werden. Daß ich mich nur nicht in Sie verliebe und Sie heirate!«

Die Mutter entgegnete:

»Ich aber kann mir Liebe ohne Eifersucht nicht vorstellen. Wer nicht eifersüchtig ist, der liebt meiner Meinung nach auch nicht.«

»Nein, Mama«, sagte Katja in ihrer beständigen Neigung, anderer Leute Worte nachzusprechen, »Eifersucht ist Nichtachtung desjenigen, den man liebt. Das heißt: wenn man mir nicht glaubt, liebt man mich nicht«, sagte sie und blickte Mitja absichtlich nicht an.

»Aber meiner Meinung nach ist Eifersucht gerade Liebe«, versetzte die Mutter. »Ich habe das sogar irgendwo einmal gelesen. Es wurde einem da sehr gut auseinandergesetzt und sogar mit Beispielen aus der Bibel belegt, wo Gott selbst ein Eiferer und Rächer genannt wird.«

Was Mitjas Liebe anbetraf, so drückte sie sich jetzt fast ausschließlich in Eifersucht aus. Und diese Eifersucht war keine gewöhnliche, sondern, wie es ihm schien, eine ganz besondere. Er und Katja hatten die letzte Schranke der Vertraulichkeit noch nicht überschritten, obgleich sie sich in jenen Stunden, in denen sie allein blieben, allzuviel gestatteten. Und jetzt war Katja in diesen Stunden noch leidenschaftlicher als zuvor. Allein auch dies begann nun verdächtig zu erscheinen und weckte zuweilen in ihm ein entsetzliches Gefühl. Alle Gefühle, aus denen seine Eifersucht sich zusammensetzte, waren entsetzlich, aber darunter war eines, das entsetzlicher als alle andern war, und das Mitja ganz und gar nicht näher bestimmen, ja nicht einmal begreifen konnte und mochte. Es bestand darin, daß jene Offenbarungen der Leidenschaft, die auf sie – Mitja und Katja – angewendet, so selig und himmelsüß, erhabener und schöner als alles andere in der Welt waren, unaussprechlich widerlich wurden und sogar durch irgend etwas widernatürlich schienen, wenn Mitja an Katja und einen andern Mann dachte. Dann erregte Katja ihm brennenden Haß und Widerwillen, sogar körperlichen Widerwillen. Alles, was er Aug' in Auge selbst mit ihr tat, war voller paradiesischer Entzückungen und Keuschheit. Sowie er sich aber nur irgendeinen andern an seiner Stelle vorstellte, veränderte sich alles im Nu – es verwandelte sich in etwas Schamloses, Ekelhaftes, in etwas, das die Begier erweckte, Katja zu erwürgen, und zwar vor allen Dingen gerade sie und nicht den eingebildeten Nebenbuhler.

III

Am Tag der Prüfung, der endlich gekommen war (in der sechsten Fastenwoche), schien sich die Berechtigung von Mitjas Qualen besonders zu bestätigen.
Da sah und beachtete Katja ihn überhaupt nicht, sie war eine völlig Fremde, gehörte nur der Öffentlichkeit.
Sie hatte großen Erfolg. Sie war ganz in Weiß, wie eine Braut, und die Erregung machte sie reizend. Sie wurde freundschaftlich und warm beklatscht, und der Direktor, ein selbstzufriedener Schauspieler mit leidenschaftslosen und traurigen Augen, der in der ersten Reihe saß, machte ihr nur zuweilen des größeren Prahlens halber einige Ausstellungen, indem er dabei nicht laut sprach, doch so, daß es im ganzen Saal zu hören war und für Mitjas Ohren unerträglich klang.
»Nicht so abgelesen«, sagte er wichtig, ruhig und so machtbewußt, als ob Katja ganz und gar sein Eigentum wäre, »nicht spielen, sondern erleben«, sagte er scharf betont.
Und auch das war unerträglich. Unerträglich war

außerdem der Vortrag selbst, der Beifallsklatschen entfesselte. Katjas Wangen hatten sich mit lichtem, heißem Rot gefärbt, ihr Stimmchen brach zuweilen ab, der Atem langte nicht, und das war rührend, bezaubernd. Aber sie trug mit jenem singenden, abgeschmackten Tonfall vor, mit jener Unechtheit und dummen Verständnislosigkeit in jedem Laut, die als höchste Vortragskunst in dem Mitja so verhaßten Kreise galt, in welchem Katja schon mit all ihren Gedanken lebte. – Sie sprach nicht, sondern erging sich die ganze Zeit in Ausrufen voll von einer aufdringlichen schmachtenden Leidenschaftlichkeit – und Mitja wußte nicht, wohin mit seinen Augen aus Scham für sie. Am entsetzlichsten aber war das Gemisch aus engelhafter Reine und Verderbtheit, das in Katja war, in ihrem erhitzten Gesichtchen, in ihrem weißen Kleid – das auf dem Podium kürzer erschien, weil alle im Saal Sitzenden von unten herauf auf Katja blickten –, in ihren weißen Schühchen und in ihren mit weißseidenen Strümpfen straff bespannten Beinen. »Die Jungfrau sang im Kirchenchor«, rezitierte (sang vielmehr ebenfalls) Katja mit gemachter übertriebener Naivität von einer angeblich englisch unschuldigen Jungfrau. Und Mitja hatte sowohl ein verstärktes Gefühl der Zusammengehörigkeit mit Katja – wie man das immer in der Menge dem gegenüber empfindet, den man liebt – wie auch einer an Haß grenzenden Feindseligkeit, er empfand Stolz auf sie, in dem Bewußtsein, daß trotz allem sie doch ihm angehörte – und gleichzeitig einen herzzerreißenden Schmerz: nein, alles war aus, sie gehörte ihm schon nicht mehr an!

Nach der Prüfung kamen wieder glückliche Tage. Aber Mitja traute ihnen nicht mehr mit der Leichtgläubigkeit wie ehemals. Katja sagte, an die Prüfung zurückdenkend:

»Wie dumm du bist! Hast du denn nicht gefühlt, daß ich nur für dich, für dich allein so gut gesprochen habe!«

Er hielt sie auf dem Schoß, küßte vornübergeneigt ihr entblößtes perlmutterweißes Knie, küßte ihre entblößte Brust und schwieg. Er konnte nicht vergessen, was er bei der Prüfung durchgemacht hatte, und mochte nicht bekennen, daß diese Gefühle ihn auch jetzt nicht verließen, daß sie beständig mehr oder minder stark in ihm aufstiegen. Auch Katja spürte seine verborgenen Empfindungen, und einmal, während eines Zwistes, rief sie aus:

»Ich begreife nicht, weswegen du mich liebst, wenn alles, deiner Ansicht nach, so schlecht an mir ist. Und was verlangst du denn schließlich von mir?!«

Aber er begriff selber nicht, weswegen er sie liebte, obgleich er fühlte, daß seine Liebe sich nicht nur nicht verringerte, sondern immer mehr wuchs, zugleich mit jenem eifersüchtigen Kampf, den er mit jemandem (nicht vor allen Dingen mit Katja selber?) bestand um ihretwillen, um dieser Liebe willen, um ihre Stärke, die immer angespannter wurde, um ihr Begehren, das sich immer mehr vertiefte.

»Du liebst nur meinen Leib, aber nicht meine Seele!« sagte Katja einmal voll Bitterkeit.

Das waren wieder jemandes andern theatralische Worte, allein bei aller ihrer Albernheit und Abgedroschenheit rührten sie ebenfalls an etwas quälend Unlösliches. Er wußte nicht, weswegen er sie liebte, vermochte nicht genau zu sagen, was er wollte, wünschte . . . Was hieß das überhaupt – lieben? Darauf die Antwort zu finden, war um so unmöglicher, als weder in dem, was Mitja über die Liebe gehört, noch in dem, was er über sie gelesen hatte, auch nur ein klar umgrenzendes Wort über sie gesagt worden war. In den Büchern wie auch im Leben schienen sich alle ein für allemal das Wort gegeben zu haben, immer nur von irgendeiner fast ganz unfleischlichen Liebe zu reden, oder von dem, was sich Leidenschaft und Sinnlichkeit nennt. Seine Liebe aber glich weder der einen noch der andern, so wie auch Katja nicht nur den Charlotte, Gretchen, der Tatjana Puschkins und den Heldinnen Turgenjews nicht glich, sondern ebenso wenig den Heldinnen Zolas und Maupassants, ganz wie seine Gefühle nicht den Gefühlen eines Werther, eines Romeo, eines Onegin oder eines jener andern zahllosen Helden glichen, die einfach verführten. Was empfand er für sie? Das, was man Liebe, oder das, was man Leidenschaft nennt? War es Katjas Seele oder ihr Leib, der ihn fast an den Rand einer Ohnmacht, einer vorahnenden Todesseligkeit brachte, wenn er ihr Mieder öffnete und ihren paradiesisch liebreizenden jungfräulichen Busen küßte, der sich ihm mit einer die Seele erschütternden demütigen Ergebenheit, mit der Schamlosigkeit reinster Unschuld enthüllte?

IV

Im April veränderte Katja sich noch mehr, sie war einfach nicht wiederzuerkennen.

Der Erfolg bei der Prüfung spielte seine Rolle dabei. Aber dennoch war es nicht das allein, was sie so veränderte. Zweifellos mußte es noch irgendwelche andere Ursachen haben. Aber Mitja begriff sie nicht, kannte sie nicht und wurde nur stutzig. Wie mit einemmal hatte Katja sich bei Anbruch des Frühlings gewissermaßen in eine junge Dame von Welt verwandelt, die fast jeden Tag in neuen, unauffälligen, aber kostbaren Toiletten glänzte und angeregt beständig irgendwohin eilte. Mitja schämte sich jetzt geradezu seines dunkeln Flurs, wenn sie zu ihm gefahren kam – sie kam jetzt nie mehr zu Fuß, sondern immer angefahren –, wenn sie, seidenraschelnd, den Schleier über das Gesicht gezogen, hastig über diesen Flur ging. Sie war jetzt unveränderlich zärtlich zu ihm, kam aber unveränderlich zu spät und kürzte ihre Zusammenkünfte ab, indem sie sagte, daß sie wieder mit der Mama zur Schneiderin fahren müsse.

»Du verstehst, wir machen jetzt Staat auf Mord und Tod!« sagte sie, ihn mit runden fröhlichen und erstaunten Augen anblitzend, und begriff sehr wohl, daß Mitja ihr nicht glaubte, daß ihre Worte gemacht, verlogen klangen, sprach sie aber dennoch, da es jetzt nichts mehr gab, worüber sie sonst hätten reden können.

Auch nahm sie jetzt den Hut fast nie mehr ab und ließ den Schirm nicht aus den Händen, während sie nur einen fliegenden Augenblick auf Mitjas Bett saß und ihn durch ihre mit seidenen Strümpfen umspannten Waden um den Verstand brachte. Und ehe sie wieder fortfuhr und ihm sagte, daß sie heute abend wieder nicht zu Haus sein würde – wieder mußte sie mit der Mama zu irgend jemandem gehn! –, vollführte sie unabänderlich immer ein und dasselbe, offenbar mit dem Ziel, ihn zum Narren zu machen, ihm die Besinnung zu rauben und ihn für seine »dummen Qualen«, wie sie sich ausdrückte, zu belohnen: sie warf einen heuchlerisch verstohlenen Blick nach der Tür, glitt vom Bett herunter und flüsterte hastig mit maßloser Leidenschaft:

»Nun, küsse mich, küsse mich!«

Und sie umwand fest seinen Nacken, schmiegte sich schlängelnd mit dem ganzen Körper an ihn, und einmal, während eines besonders langen Kusses, tat sie sogar etwas mit ihrer Zunge, drängte sich mit den Schenkeln eng um seine Beine und flüsterte zurückspringend dann hastig:

»Nein, du bringst mich um den Verstand!«

Dieser Kuß machte Mitja vollends stutzig. Wie und wo hatte sie solche Küsse kennenlernen können? Mitja hatte sogar darin noch nicht die geringste Erfahrung – sein erster Winter in Moskau fiel mit seiner ersten Liebe zusammen –, aber er konnte nicht umhin, in vollem Umfang das Unalltägliche, Ungewöhnliche zu verstehen, das Katja tat, wenn sie ihn küßte.

V

Ende April beschloß Mitja endlich, sich eine Erholung zu gönnen und aufs Land zu fahren.

Er hatte sowohl sich selbst wie auch Katja vollkommen zerfoltert, und seine Qual war um so unerträglicher, als es anscheinend gar keine Ursachen für sie gab: was war denn tatsächlich geschehen, was hatte Katja sich zuschulden kommen lassen? Und einmal sagte Katja mit der Entschlossenheit der Verzweiflung zu ihm:

»Ja, reise, reise, es geht über meine Kraft! Wir müssen uns auf eine Weile trennen, unsere Beziehungen klären. Du bist so abgemagert, daß Mama überzeugt ist, du hättest die Schwindsucht. Ich kann nicht mehr!«

Und Mitjas Abreise wurde beschlossen. Mitja aber reiste zu seinem höchsten Erstaunen, obwohl er vor Kummer schier von Sinnen war, dennoch fast glücklich ab. Sobald nur die Abreise beschlossene Sache war, kehrte alles Frühere wieder. Er wollte ja doch leidenschaftlich gern trotz alledem nicht an das Entsetzliche glauben, das ihm Tag und Nacht keine Ruhe ließ. Und die kleinste Veränderung in Katja genügte, damit sich in seinen Augen alles wieder verwandelte. Und Katja wurde wieder zärtlich und leidenschaftlich, ohne jede Verstellung – er spürte das mit der untrüglichen Feinfühligkeit eifersüchtiger Naturen –, und wieder begann er bei ihr bis zwei Uhr nachts zu sitzen, und wieder hatten sie etwas miteinander zu reden, und je näher die Abreise rückte, um so alberner erschien die Trennung, die Notwendigkeit, »ihre Beziehung zu klären«. Einmal weinte Katja sogar – sie, die sonst nie weinte –, und diese Tränen machten sie ihm schrecklich lieb und traut, durchdrangen ihn mit einem Gefühl brennenden Mitleids, als ob er irgendeine Schuld ihr gegenüber hätte.

Katjas Mutter wollte Anfang Juni für den ganzen Sommer nach der Krim reisen und auch sie dorthin mitnehmen. Sie beschlossen, sich in Missyr zu treffen, Mitja sollte sich Geld verschaffen und auch nach Missyr kommen.

Und er rüstete sich, traf seine Reisevorbereitungen, ging in jener seltsamen trunkenen Benommenheit in Moskau herum, die zuweilen vorkommt, wenn ein Mensch bereits von einer schweren Krankheit ergriffen ist, sich aber doch noch forsch auf den Beinen hält. Er war krankhaft, trunken unglücklich, und gleichzeitig krankhaft glücklich, gerührt durch Katjas wiedergekehrte Vertraulichkeit, ihre Besorgtheit für ihn – sie ging sogar mit ihm einen Plaidriemen kaufen, ganz, als ob sie seine Braut oder seine Frau sei – und überhaupt durch die Wiederkehr alles dessen, was an die erste Zeit ihrer Liebe gemahnte. Und ebenso nahm er auch alles auf, was ihn rings umgab – die Häuser, die Straßen, die Menschen, die auf ihnen fuhren und gingen, das Wetter, das die ganze Zeit über sich frühlingsmäßig wechselnd bewölkte, den Geruch von Staub und Regen, den kirchenhaften Duft der Pappeln, die sich hinter den Zäunen in den Gassen entfalteten: alles sprach von der Bitternis der Trennung und von der Süße der Hoffnung auf den Sommer, auf das Zusammentreffen in der Krim, wo nichts mehr sie stören und alles sich verwirklichen würde (obwohl er bis zu diesem Tag nicht recht wußte, was eigentlich »alles« war).

Am Tag der Abreise kam Protassow, um ihm Lebewohl zu sagen. Unter den Gymnasiasten der obersten Klassen wie unter Studenten begegnet man nicht selten Jünglingen, die sich eine Haltung gutmütig-unwirschen Spottes angeeignet haben und sich das Ansehen eines Menschen geben, der älter und erfahrener als alle andern in der Welt ist. So einer war auch Protassow, einer von Mitjas nächsten Freunden, sein einziger wirklicher Freund, der trotz Mitjas äußerster Verschlossenheit und Schweigsamkeit alle Geheimnisse seiner Liebe kannte. Er schaute zu, wie Mitja seinen Koffer verschnürte, sah, wie seine Hände dabei zitterten, lächelte mit wehmütiger Weisheit und sagte dann:

»Ihr seid die reinen Kinder, Gott verzeih' mir! Aber nach alledem, mein teurer Werther aus Tambow, wäre es immerhin an der Zeit zu begreifen, daß Katja vor allen Dingen das typischste weibliche Wesen der Welt ist, und daß selbst der Polizeichef nichts dagegen machen kann. Du, als männliches Wesen, gehst die Wände hoch, du stellst an sie die höchsten Anforderungen deines Instinktes zur Fortsetzung der Rasse, und alles dieses ist natürlich vollkommen gesetzmäßig, ja sogar in gewissem Sinne heilig. Dein Körper ist die höchste Vernunft, wie der Herr Nietzsche sehr richtig bemerkt hat. Aber gesetzmäßig ist auch dieses, daß du dir auf diesem geheiligten Weg den Hals brechen kannst. Es gibt Geschöpfe im Tierreich, denen es sogar planmäßig obliegt, mit dem Preise ihrer eigenen Existenz für ihren ersten und letzten Liebesakt zu zahlen. Da aber für dich diese Planmäßigkeit doch nicht so ganz bindend ist, so sei auf der Hut und nimm dich in acht. Überhaupt, übereile dich nicht. ›Junker Schmidt, mein Ehrenwort, der Sommer kehrt bestimmt wieder!‹ Die Welt ist nicht mit Brettern vernagelt und bei Katja noch nicht zu Ende. Ich sehe an deinen Anstrengungen, den Koffer zu erwürgen, daß du hiermit durchaus nicht einverstanden bist, und daß dieses Ende dir sehr teuer ist. Nun, verzeih den unerbetenen Rat – und Nikola, der Gottesknecht, möge dich samt allen seinen Gerechten beschützen!«

Als Protassow, nachdem er Mitja fest die Hand gedrückt hatte, gegangen war, hörte Mitja, während er Kissen und Reisedecke in den Plaidriemen schnallte, durch sein nach dem Hof geöffnetes Fenster, wie der Student, der ihm gegenüber wohnte, schallend seine Stimme probierte; er lernte singen und übte seine Kräfte von Morgen bis Abend – er stimmte den »Asra« an. Da beeilte sich Mitja mit seinem Riemen, schnallte ihn zu, wie es gerade traf, griff nach seiner Mütze und ging in die Kislowkastraße, um sich von Katjas Mutter zu verabschieden. Die Melodie und die Worte des Liedes, das der Student gesungen, klangen so hartnäckig in ihm wider, daß er weder die Straße noch die Menschen, die ihm entgegenkamen, sah, er ging noch trunkener dahin, als er es in den letzten Tagen getan hatte. In der Tat, es war, als ob die Welt mit Brettern vernagelt wäre, als ob »Junker Schmidt« sich mit einer Pistole erschießen wollte! Nun, was weiter, war sie vernagelt, gut denn, so war sie es eben, dachte er und kehrte wieder zu dem Lied zurück, wie die »wunderschöne Sultanstochter im Garten auf und nieder ging«, wie sie den schwarzen Sklaven traf, der »bleich und bleicher« am Springbrunnen stand, wie sie ihn einmal fragte, wer er sei und woher, und wie er ihr antwortete, anfangs unheildrohend, aber demütig, mit düsterer Schlichtheit:

»Ich heiße Mahomet . . .«,

um in hingerissen tragischem Jammer zu enden:

»Und mein Stamm sind jene Asra,
Welche sterben, wenn sie lieben!«

Katja kleidete sich an, um ihm das Geleit auf den Bahnhof zu geben, aus ihrem Zimmer – dem Zimmer, wo er so viele unvergeßliche Stunden verbracht hatte! – rief sie ihm herzlich zu, daß sie rechtzeitig beim ersten Klingelzeichen da sein würde. Die liebe gute Dame mit den himbeerfarbenen Haaren saß allein, rauchte und sah ihn sehr traurig an – sie hatte wahrscheinlich schon lange alles begriffen, alles erraten. Hochrot küßte er, innerlich bebend, ihre zarte welke Hand, indem er den Kopf wie ein Sohn tief darüber neigte, und sie küßte ihn mit mütterlicher Zärtlichkeit ein paarmal auf die Schläfe und bekreuzigte ihn.

»Ja, mein Lieber«, sagte sie mit einem zaghaften Lächeln, die Worte Gribojedows gebrauchend, »leben und lachen Sie! Nun, Christus mit Ihnen, reisen Sie, reisen Sie . . .«

Er wußte nicht, wie er aus dem Zimmer gegangen, richtiger: gestürzt war, er verfing sich im Vorraum im

Teppich, fiel beinahe hin, schritt aber dafür mit besonders erbost klingender Härte und Festigkeit die Treppe hinunter.

VI

Nachdem er alles erledigt, was man zu guter Letzt in einem Gasthaus noch zu erledigen hat, mit Hilfe eines Hausdieners im russischen Hemd seine Sachen in einer schiefen Droschke verstaut hatte, nahm er endlich unbeholfen selber neben seinem Gepäck Platz, das Gefährt setzte sich in Bewegung, und sogleich hatte er jenes eigentümliche Gefühl, das einen bei einer Abreise überkommt – ein Lebensabschnitt ist abgeschlossen und (für immer) bekannt und abgetan! –, und zugleich empfand er eine unvermutete Leichtigkeit, die Hoffnung auf den Anfang von etwas Neuem. Er beruhigte sich ein wenig und begann munterer, gleichsam wie mit neuen Augen, um sich zu schauen. Vorbei, leb wohl, Moskau, und alles, was dort durchlebt, durchlitten worden ist! Es tröpfelte, der Himmel hatte sich verdrießlich bezogen, in den Nebengassen war es menschenleer, das Steinpflaster war dunkel und glänzte wie Eisen, die Häuser standen unfroh und schmutzig. Der Kutscher fuhr mit einer quälenden Gemächlichkeit und zwang Mitja beständig, sich abzuwenden und den Atem einzuhalten. Sie fuhren am Kreml vorüber, durch die Pokrowkastraße und bogen dann wieder in Seitenstraßen ein, wo in den Gärten die Krähen heiser den Regen und den sinkenden Abend ankrächzten, aber es war doch Frühling – selbst in dem Brüllen und

Pfeifen, das schon vom Kursker Bahnhof herübertönte. Endlich nahm auch diese Fahrt ein Ende, und Mitja stürzte durch den hallenden, menschenüberfüllten Bahnhof auf den Bahnsteig, um sich einen Träger zu verschaffen, und dann zum dritten Gleis, wo der lange und ungefüge, schwere Kursker Zug bereitstand. Aber unter der riesigen und formlosen Menschenmasse, die den Zug belagerte, unter all den Gepäckträgern, die mit Gepolter und warnenden Zurufen ihre beladenen Karren vorüberrollten, erblickte, erkannte er die »wunderschöne Sultanstochter«, die einsam in einiger Entfernung stand und ein besonderes Wesen für sich zu sein schien, nicht nur in dieser Riesenmenge, sondern auch in der ganzen Welt. Das erste Klingelzeichen war schon ertönt – dieses Mal hatte er sich verspätet und nicht Katja. Sie war rührenderweise vor ihm gekommen, hatte auf ihn gewartet und eilte jetzt wieder mit der Besorgtheit einer Gattin oder Braut auf ihn zu:

»Lieber, belege schnell einen Platz! Gleich wird es zum zweiten Mal läuten!«

Und nach dem zweiten Läuten stand sie noch rührender auf dem Bahnsteig, blickte von unten herauf zu ihm, der in der Tür eines schon vollgepfropften und stinkigen Wagens dritter Klasse stand. Alles an ihr war reizend – ihr liebes hübsches Gesichtchen, ihre mittelgroße Gestalt, ihre Frische und Jugend, in der sich Weiblichkeit noch mit Kindlichkeit mischte, ihre emporgerichteten strahlenden Augen, ihr unauffälliger hellblauer Hut, dessen geschwungene Krempe eine gewisse elegante Keckheit hatte, und sogar ihr dunkelgraues Kostüm, an welchem Mitja anbetungsvoll selbst den Stoff und die Futterseide spürte. Groß, ungelenk, erschreckend mager stand er da; er hatte für die Reise hohe derbe Schaftstiefel angezogen und seine alte Gymnasiastenjacke, deren weiße Knöpfe abgescheuert waren und kupfern glänzten. Und trotzdem schaute ihn Katja mit unverstellt liebendem und traurigem Blick an. Das dritte Klingelzeichen traf sie so unerwartet und schrill mitten ins Herz, daß Mitja sich wie ein Unsinniger vom Trittbrett des Wagens warf, und Katja sich ihm ebenso unsinnig voll Schrecken entgegendrängte. Er stürzte sich über ihren Handschuh, sprang dann zurück in den Wagen und winkte ihr durch Tränen in rasender Verzücktheit mit seiner Mütze zu, sie aber raffte mit der Hand ihren Rock zusammen und glitt mit dem Bahnsteig immer weiter zurück, ohne noch den aufgeschlagenen Blick von ihm zu wenden. Immer schneller entglitt sie, in dem Maße, wie der Wind immer stärker die Haare des sich weit aus dem Fenster hinauslehnenden Mitja zauste, die Lokomotive aber beschleunigte ihren Lauf immer stärker, immer erbarmungsloser, forderte sich mit unverschämtem, drohendem Aufheulen freie Bahn – und plötzlich riß es Katja und das letzte Ende des Bahnsteigs gleichsam hinweg . . .

VII

Längst schon war die langanhaltende Frühlingsdämmerung, von Regenwolken verfinstert, angebrochen, der schwere Wagen ratterte durch kahle herbfrische

Felder – in den Feldern war noch Vorfrühling –, die Schaffner schritten den Gang des Eisenbahnwagens ab, fragten nach den Fahrkarten und steckten Lichter in die Laternen. Mitja aber stand noch immer neben dem klirrenden Fenster und spürte den Duft von Katjas Handschuh, der auf seinen Lippen zurückgeblieben war, er loderte noch immer ganz im schmerzlichen Feuer des Augenblicks der Trennung. Und der ganze lange glückliche und qualvolle Moskauer Winter, der sein ganzes Leben umgestaltet hatte, stand jetzt von Anfang bis zu Ende und doch schon in einem ganz neuen Lichte vor ihm auf. In neuem Lichte, wieder in einem neuen, stand jetzt auch Katja vor ihm . . . Ja, ja, wer vermochte es auszudrücken, wer sie war, was sie war? Und Liebe, Leidenschaft, Seele, Leib? Was war das? Nichts, nichts von alledem, es gab noch etwas anderes, etwas völlig anderes. Da, dieser Duft ihres Handschuhs – war das nicht etwa auch Katja, nicht auch Liebe, Seele, Leib? Und die Bauern, die Arbeiter in dem Eisenbahnabteil, die Frau, die ihr garstiges Kind nach dem Abort führte, die trüben Kerzen in den klirrenden Laternen, die Abenddämmerung in den frühlingshaft öden Feldern – alles war Liebe, alles Seele –, und alles war Qual und alles war unaussprechliche Freude!

Am Morgen war der Zug in Orjol, es hieß umsteigen, der Provinzzug hielt neben einem entlegenen Bahnsteig. Und Mitja fühlte voller Freude, was für eine schlichte, ruhige und trauliche Welt das war im Vergleich zu der Moskauer, die weit, weit weg in Märchenfernen entwichen war und deren Mittelpunkt

Katja gewesen, die jetzt wie eine Verlassene erschien, rührend nur noch und zärtlich geliebt. Selbst der Himmel, der hier und da mit dem fahlen Blau regnerischer Wolken angetuscht war, selbst das reine Lüftchen, das vom Feld herüberwehte, war hier schlichter, harmloser und ruhiger ... Langsam, langsam rollte der Zug aus Orjol heraus, und Mitja verzehrte, allein in einem leeren Waggon sitzend, ohne Eile einen gepreßten Tuler Honigkuchen. Dann, als sie Orjol hinter sich gelassen hatten, kam der Zug in Fahrt und schlenkerte, schläferte ihn ein.

Erst in Werchow erwachte er. Der Zug hielt, es war ziemlich belebt, geschäftiges Treiben herrschte, aber ebenfalls auf eine ländlich-sittliche, ungroßstädtische Art. Es roch angenehm nach dem Küchendunst der Bahnhofsrestauration, und Mitja verspürte Hunger. Er aß mit Genuß einen Teller Kohlsuppe und trank eine Flasche Bier, dann nickte er wieder ein – eine tiefe Müdigkeit hatte ihn befallen. Als er aber wieder die Augen aufschlug, eilte der Zug schon durch den ihm wohlbekannten, frühlingshaften Birkenwald vor der letzten Station. Es dämmerte bereits, durch das geöffnete Fenster roch es nach Regen und wie nach Pilzen. Der Wald stand noch völlig kahl, jedoch das Rattern des Zuges hallte trotzdem deutlicher in ihm wider als im freien Feld, in der Ferne aber blinkten die frühlingshaft wehmütigen Lichterchen der Station auf. Da war auch das hohe grüne Licht der Signalstange – besonders reizvoll bei solcher Abenddämmerung in einem kahlen Birkenwald – und, stuckernd ging der Zug auf das andere Gleis über ... Gott, wie ländlich lieb und

rührend war der Knecht, der den jungen Herrn auf dem Bahnsteig erwartete! Und die ferne großstädtische Schönheit Katjas leuchtete in seiner Vorstellung noch strahlender auf . . .
Die Dämmerung und die Wolken verdichteten sich immer mehr, während sie vom Bahnhof durch das große, auch noch ganz frühlingshaft schmutzige Dorf fuhren. Alles ertrank in dieser ungewöhnlich weichen Dämmerung, in der tiefen, tiefen Stille der Erde, der lauen Nacht, die mit der Dunkelheit der unbestimmten, tief herabhängenden Regenwolken verschmolz, und wieder wunderte sich Mitja und freute sich: wie ruhig, schlicht und dürftig war das Dorf, diese wohlriechenden räuchrigen Hütten, die schon lange schliefen – denn von Mariä Verkündigung ab blasen gute Menschen kein Feuer mehr an! –, und wie gut war es hier in dieser dunkeln und lauen Welt der Steppe! Der Tarantas tauchte holpernd in die ausgefahrenen Löcher, in den Schmutz, die Eichen hinter einem begüterten Bauernhof ragten noch völlig kahl, unwirtlich, Krähennester hoben sich schwärzlich darin ab. Vor einer Hütte stand, ins Dunkel starrend, ein seltsamer Bauer wie aus alten Zeiten: barbeinig, in zerrissenem, härenem Kittel, eine Lammfellmütze auf den langen straffen Haaren . . . Und ein lauer, köstlicher, duftiger Regen ging nieder. Mitja dachte an die jungen Bäuerinnen, an die jungen Dirnen, die in diesen Hütten schliefen, an all das Weibliche, dem er seit dem Winter mit Katja nähergekommen war, und alles verschmolz märchenhaft in eins – Katja, die Bauerndirnen, die Nacht, der Frühling, der Geruch des Regens, der Geruch der

gepflügten, empfängnisbereiten Erde, der Geruch des schweißigen Pferdes und die Erinnerung an den Geruch des Glacéhandschuhs ... Mitja lehnte sich im Hintersitz des Wagens zurück und zündete sich durch Tränen mit zitternden Fingern eine Zigarette an.

VIII

Das Leben auf dem Land begann mit friedlichen und bezaubernden Tagen. In der Nacht während der Fahrt weg vom Bahnhof war Katja gewissermaßen verblaßt, hatte sich aufgelöst in alles, was ihn umgab. Doch nein, es hatte nur so geschienen, und schien noch weiter einige Tage so, bis Mitja ausgeschlafen hatte, zu sich gekommen war und sich an die Neuheit der ihm von Kindheit an vertrauten Eindrücke des Elternhauses wieder gewöhnt hatte, an das Dorf, den ländlichen Frühling, die frühlingsmäßige Nacktheit und Blöße der Welt, die wieder jung und rein, bereit zu neuem Erblühen dalag. Ja und sogar in diesen Tagen war Katja überall und in allem, geradeso wie einstmals (es war vor neun Jahren und auch im Frühling gewesen, da sein Vater starb) lange Zeit hindurch überall und in allem der Tod war.

Der Gutshof war nicht reich, das Haus alt und anspruchslos, der unkomplizierte Wirtschaftsbetrieb erforderte kein zahlreiches Gesinde – das Leben für Mitja setzte still und friedlich ein. Seine Schwester Anja, eine Gymnasiastin der zweiten Klasse, und sein Bruder Kostja, ein halberwachsener Kadett, waren noch in Orjol, lernten und sollten nicht vor Anfang Juni heimkommen. Seine Mama, Olga Petrowna, war wie immer mit der Wirtschaft beschäftigt, in der ihr nur ein Verwalter zur Seite stand – der »Schulze«, wie das Gesinde ihn nannte –, und hielt sich häufig in den Feldern auf, fuhr nach den Vorwerken in die Stadt und legte sich schlafen, sobald es dunkelte.

Als Mitja am Tag nach seiner Ankunft, nachdem er zwölf Stunden durchgeschlafen hatte, frisch gewaschen, von Kopf bis Fuß sauber angezogen aus seinem sonnigen Zimmer trat – die Fenster gingen in den Garten, nach Osten – und durch alle andern Räume ging, fühlte er lebhaft ihre Heimatlichkeit und ihre friedliche, Körper und Seele beruhigende Schlichtheit. Überall stand alles auf seinem gewohnten Platz, wie schon viele Jahre lang, und der gleiche ihm ebenso vertraute und angenehme Geruch lag in der Luft; für seine Ankunft war überall besonders sorgsam aufgeräumt worden – er kam ja jetzt nicht als Schulbub nach Haus, sondern gewissermaßen als der junge Gutsherr –, und in allen Zimmern waren die Dielen frisch gescheuert. Nur im Saal, der an das Vorzimmer stieß – in der Bedientenstube, wie sie noch heute genannt wurde –, war man noch am Putzen und Aufwischen. Eine sommersprossige Magd, eine Taglöhnerin aus dem Dorf, stand auf dem Fensterbrett neben der Balkontür, reckte sich zu der oberen Scheibe hoch, rieb sie mit pfeifendem Geräusch ab und spiegelte sich dabei als ein fernes bläuliches Abbild in den unteren Scheiben wider. Das Stubenmädchen Parascha zog einen großen Scheuerlappen aus dem Eimer mit heißem Wasser, ging barfüßig, weißbeinig auf ihren kleinen Fersen

über den überschwemmten Fußboden und sagte freundschaftlich-ungezwungen, ein wenig sich überstürzend, während sie mit dem gebogenen aufgestreiften Arm sich den Schweiß von dem erhitzten Gesicht wischte:
»Gehen Sie nur Tee trinken, die Frau Mama sind schon vor Tag mit dem Schulzen zur Bahn gefahren, Sie haben wohl nichts davon gehört . . .«
Und sogleich brachte Katja sich machtvoll in Erinnerung: Mitja ertappte sich bei einem sinnlichen Begehren nach diesem entblößten Frauenarm und nach der weiblich schmiegsamen Biegung der sich auf dem Fensterbrett emporreckenden Magd, nach ihrem Rock, unter dem die nackten Beine als kräftige kleine Pfosten verschwanden, und er empfand freudig die Macht Katjas, seine Zugehörigkeit zu ihr, fühlte ihre geheime Gegenwart in allen Eindrücken dieses Morgens.
Und diese Gegenwart wurde mit jedem Tag immer lebhafter fühlbar und wurde immer schöner, in dem Maße, in dem Mitja wieder zu sich selber kam, sich beruhigte, sich von der krankhaften Reizbarkeit befreite, die in Moskau durch alles und jedes verletzt worden war – vielleicht tatsächlich ohne genügende Begründung –, in dem Maße, in dem er immer voller den Frühling, Dorf und Land in sich aufnahm und Katja, jene gewöhnliche Katja vergaß, die in Moskau so oft und qualvoll nicht mit der Katja verschmolz, die seine Sehnsucht, sein Verlangen erschuf.

IX

Zum erstenmal lebte er jetzt zu Haus als sozusagen völlig erwachsener, unabhängiger Mensch, dem gegenüber selbst die Mama sich irgendwie anders als früher verhielt; die Hauptsache aber war, er lebte mit der ersten wahren Liebe im Herzen, und nun war wirklich geworden, was sein ganzes Wesen von der Kindheit, von der Knabenzeit an insgeheim erwartet hatte, das einzige, wofür es vielleicht von seinem ersten Tag auf Erden an herangewachsen und gereift war. Schon als er ein kleines Kind war, regte sich wundersam und geheimnisvoll eine Empfindung in ihm, die sich nicht in menschlicher Sprache ausdrücken ließ. Irgendwann und irgendwo, vermutlich auch im Frühling, stand er einmal, noch ein ganz kleines Bübchen, neben einem Fliedergebüsch – er erinnerte sich an den scharfen Geruch der spanischen Fliegen –, er stand mit einer jungen Frauensperson – wahrscheinlich mit seiner Wärterin –, und plötzlich erstrahlte irgend etwas vor ihm in himmlischem Licht – halb war es ihr Gesicht, halb war es der Sarafan über ihrer vollen Brust – und es ging wie eine heiße Welle durch ihn hindurch, es hüpfte in ihm wirklich wie ein Kind im Mutterleib ... Aber das war wie im Traum. Wie im Traum war auch alles, was nachher kam – in der Kindheit, in der Knabenzeit, in den Gymnasialjahren. Es gab ganz eigentümliche, mit nichts zu vergleichende Entzückungen, hervorgerufen durch das eine oder das andere der kleinen Mädchen, die mit ihren Müttern zu den Festtagen seiner Kindheit kamen, eine geheime brennende Neugier für jede Bewegung dieser bezaubernden, ebenfalls mit nichts zu vergleichenden kleinen Wesen in kurzen Kleidchen, kleinen Schühchen und mit der Schleife aus Seidenband auf dem Köpfchen. Es gab (aber das war schon später, in der Gouvernementsstadt) ein fast den ganzen Herbst währendes und schon weit bewußteres Entzücken an einer Gymnasiastin, die häufig des Abends hinter dem Zaun des Nachbargartens auf einem Baum auftauchte: ihre Ausgelassenheit, ihre Spottlust, ihr braunes Schulkleidchen, der runde Kamm in ihren Haaren, ihre schmutzigen Händchen, ihr Lachen und klingendes Jauchzen – alles war dazu angetan, daß Mitja von Morgen bis Abend an sie denken mußte, sich grämte, zuweilen sogar weinte und ein unstillbares Verlangen nach ihr empfand. Dann nahm auch dieses irgendwie ganz von selbst ein Ende, wurde vergessen, und es gab neue, mehr oder weniger lange währende und wieder kostbare geheime Entzückungen, es gab heftige Freuden und Leiden unverhoffter Verliebtheit auf den Bällen des Gymnasiums, in der vierten Klasse aber gab es fast einen richtigen Roman mit einer aufgeschossenen schwarzbrauigen Schülerin der sechsten Klasse, als Mitja zum erstenmal in seinem Leben einmal – nur einmal – mit seinen Lippen die zarte Mädchenwange berührte und einen solch überirdischen Schauer, dem Schauer der ersten Kommunion vergleichbar, empfand, wie er ihn ähnlich später niemals, auch nicht bei Katja empfunden hatte. Danach aber, als auch dieser Roman irgendwie abgebrochen und vergessen war, gab es lange Zeit nur ermattende Plagen aller Glieder, im ganzen Körper, im Herzen dagegen nur unbestimmte Vorgefühle und Erwartungen. Jetzt war es ganz besonders klar geworden, daß bis zu seiner Begegnung mit Katja sein ganzes Leben, alle Entzückungen, alles Wähnen und Hoffen nur ein Traum mit unklaren Gesichten und Eingebungen gewesen war, da selbst der Frühling nur in so undeutlich verschwommener, wenn auch bestrickender Gestalt Eingang in seine Seele gefunden hatte.

Er war auf dem Land geboren und herangewachsen, als Gymnasiast verbrachte er den Frühling dann unfreiwillig in der Stadt, mit Ausnahme eines einzigen Jahres, des vorvorletzten, wo er, zur »Butterwoche« aufs Land gekommen, erkrankt war und den März über und noch die erste Hälfte des Aprils zu seiner Erholung daheimblieb. Das war eine unvergeßliche Zeit. Zwei Wochen lang lag er zu Bett und verfolgte nur durchs Fenster zugleich mit dem Zunehmen von Licht und Wärme in der Welt den sich jeden Tag verändernden Anblick des Himmels, des Schnees, des Gartens und seiner Stämme und Astkronen. Er sah: es war Morgen, und im Zimmer war es so blendend hell und warm von der Sonne, daß die wiederauflebenden Fliegen schon an den Fensterscheiben entlangzukriechen begannen . . . Es war die Stunde nach Mittag am nächsten Tag: und die Sonne stand hinterm Haus, auf der andern Seite, ins Fenster aber leuchteten schier lichtblau der bleiche Frühlingsschnee und der marmorne Himmel – stattliche weiße Wolken schwammen in der Bläue, hinter den Wipfeln der Bäume . . . und wieder nach einem weiteren Tag, da waren so strahlendklare Ausschnitte am bewölkten Himmel, und auf der Rinde der Bäume lag ein so feuchter Glanz, und über dem Fenster tropfte es so vom Dach herunter, daß man sich nicht satt freuen, sich nicht satt daran sehen konnte ... Darauf kamen warme Nebel, Regen, der Schnee zerging, schmolz weg in einigen wenigen Tagen, der Fluß kam in Bewegung, im Garten wie auf dem Hof dunkelte freudig schwarz die Erde, trat neu und wieder bloßgelegt zutage ... Und lange Zeit blieb Mitja ein Tag Ende März im Gedächtnis, als er zum erstenmal wieder in die Felder ausritt. Der Himmel leuchtete nicht blendend, doch so lebhaft, so jung durch die blassen, blütenlosen Bäume des Gartens. Im Felde wehte es noch herb und frisch, die Stoppelfelder waren öde und rostrot, aber da, wo gepflügt wurde – der Hafer wurde schon ausgesät –, schimmerten ölig schwarz in Erdenurkraft die aufgeworfenen Ackerschollen. Und er ritt querfeldein über die Stoppeln und Saatfluren in der Richtung auf den Wald zu, der in der Ferne in Wiesengründen lag, er sah ihn in der klaren Luft von weitem – kahl, klein, durchsichtig, von einem Ende bis zum andern –, dann ritt er hinunter in diese Gründe, die Hufe seines Pferdes raschelten in dem tiefen, vorjährigen Laub, das stellenweis ganz trocken und strohgelb, stellenweis feucht und dunkelbraun war, er durchquerte blätterbesäte Schluchten, in denen übergetretenes Wasser floß, aus den Büschen aber schwirrten prasselnd dicht unter den Füßen seines Pferdes braungoldene Waldschnepfen auf ... Was war dieser ganze Frühling für ihn, und besonders dieser Tag, da ihm die Luft vom Felde so frisch entgegenblies, sein Pferd aber, die mit Feuchtigkeit gesättigten Stoppelfelder und die Ackerfluren nehmend, so geräuschvoll mit seinen weiten Nüstern schnaufte und mit so herrlich wilder Kraft in seinem Innern knirschend schnob und wieherte? Damals schien es, als wäre eben dieser Frühling auch seine erste wahre Liebe, eine Kette von Tagen ununterbrochener Verliebtheit in jemanden, in etwas, da er alle Gymnasiastinnen und alle Mädchen in der ganzen Welt liebte. Aber, Gott, wie fern erschien ihm jetzt schon diese ganze Zeit! Was war er damals doch noch für ein vollkommener Knabe gewesen, unschuldig, treuherzig-harmlos, arm in seinen bescheidenen Freuden, Leiden und Träumen! Jetzt dauerte ihn dieser Knabe sogar, er hatte ein Gefühl traurig zärtlichen Mitleidens für ihn. Ein Traum, oder vielmehr die Erinnerung an irgendeinen wunderschönen Traum war damals seine gegenstandslose, unkörperliche Liebe gewesen. Jetzt aber war Katja in der Welt, war sie die Seele, die diese Welt verkörperte und voll und ganz darüber triumphierte.

X

Nur ein einziges Mal seit der ersten Zeit von Mitjas ländlichem Leben gemahnte ihn Katja unheilvoll an sich. Einmal spät am Abend, durch sinnlich süße Träume von Katja erregt, trat Mitja für einen Augenblick auf die Hintertreppe hinaus. Es war sehr dunkel und still, es roch nach feuchtem Feld. Aus den nächtlichen Wolken über den verschwommenen Umrissen des Gartens tränten kleine Sterne. Und plötzlich heulte in der Ferne etwas dumpf und hohl, wüst und teuflisch auf und ging dann in ein winselndes Gebelfer über. Mitja fuhr zusammen, erstarrte, dann stieg er vorsichtig die Treppe hinunter, betrat die dunkle, ihn gleichsam von allen Seiten feindlich belauernde Allee, hielt wieder inne, wartete und horchte: was und wo war das, was so überraschend und unheimlich dem Garten Stimme verliehen hatte? Eine Eule natürlich, ein Uhu, der seinem Trieb folgte, und weiter nichts, dachte er, aber alles verging, als wäre in dieser undurchdringlichen Dunkelheit der Teufel selber unsichtbar zugegen. Und plötzlich ertönte wieder das dumpfhallende, Mitjas ganze Seele erschütternde Geheul, irgendwo in der Nähe, in den Wipfeln der Allee knackte es, rauschte es auf – und der Teufel entwich geräuschlos durch die Lüfte nach einem andern Teil des Gartens. Dort hub er anfangs wieder an zu belfern, dann begann er kläglich, flehend wie ein Kind zu jammern, zu weinen, mit den Flügeln zu schlagen, mit qualvoller Wollust raubvogelartig zu schrein, er begann zu winseln und brach schließlich in ein solch unzüchtig närrisches Gelächter aus, als ob er gekitzelt und gefoltert würde. Mitja, am ganzen Leibe zitternd, bohrte sich mit Augen und Ohren in die Dunkelheit ein. Aber der Teufel brach plötzlich mit einem erstickten Schluchzen ab, und nachdem er den Garten mit einem letzten verschmachtenden Todesjammerlaut durchschnitten, schien er wie in die Erde versunken. Nachdem Mitja noch einige Minuten vergeblich auf die Erneuerung dieses Liebesgrauses gewartet hatte, kehrte er leise ins Haus zurück

– und quälte sich durch den Schlaf hindurch die ganze Nacht mit all jenen krankhaften und widerwärtigen Gedanken und Gefühlen, in welche sich seine Liebe im März in Moskau verwandelt hatte. Wer weiß denn – dachte er –, wo und mit wem Katja jetzt zusammen ist, und ob nicht auch sie in dieser Nacht ihrer tierischen Liebe obliegt.

Allein am Morgen bei Sonnenschein zerstreuten sich diese nächtlichen Folterqualen schnell. Er erinnerte sich, wie Katja begonnen hatte zu weinen, als sie beschlossen, daß er für einige Zeit aus Moskau fortgehen sollte, er erinnerte sich, mit welcher Begeisterung sie den Gedanken aufgegriffen hatte, daß er ebenfalls Anfang Juni nach der Krim kommen würde, und wie rührend sie ihm bei seinen Reisevorbereitungen geholfen hatte, wie sie ihn auf die Bahn begleitet hatte . . . Er holte ihre Photographie hervor, betrachtete lange, lange ihr zierliches Köpfchen, in ergriffenem Staunen über die Reinheit und Klarheit ihres geraden, offenen (fast runden) Blickes . . . Dann schrieb er ihr einen besonders langen und besonders herzlichen Brief, voll Glaubens an ihrer beider Liebe, und kehrte wieder zu der beständigen Empfindung ihrer liebenden und lichten Gegenwart in allem, was ihn freute und erfüllte, zurück.

Er entsann sich, was er empfunden hatte, als vor neun Jahren sein Vater gestorben war. Am Tage nach seinem Tod ging Mitja scheu, voll zagenden Zweifels und verständnislosen Grauens durch den Saal, wo sein Vater mit hochgewölbter Brust und darüber gefalteten großen blassen Händen, mit schwärzlich schütterem

Bart und weißer Nase, angetan mit seiner Adelsuniform auf dem Tisch aufgebahrt lag; Mitja trat auf die Treppe hinaus, blickte auf den riesigen, mit Goldbrokat ausgeschlagenen Sargdeckel, der neben der Tür stand – und fühlte auf einmal: der Tod ist in der Welt! Er war in allem: im Sonnenlicht, im Frühlingsgras auf dem Hof, im Himmel, im Garten . . . Er ging in den Garten hinunter, in die vom Sonnenlicht bunt gefleckte Lindenallee, dann in die Seitenwege, die noch sonniger waren, schaute auf die Bäume und auf die ersten weißen Schmetterlinge, lauschte dem ersten süßen Vogelzwitschern – und erkannte nichts wieder: in allem war der Tod, der unheimliche Tisch im Saal und der lange brokatene Sargdeckel auf der Treppe. Nicht mehr wie zuvor, irgendwie anders leuchtete die Sonne, anders grünte das Gras, anders taumelten die Schmetterlinge über das kaum erst von oben erwärmte Frühlingsgrün hin – alles war anders als vierundzwanzig Stunden zuvor, alles hatte sich wie durch die Nähe vom Ende der Welt verwandelt, und traurig, kläglich war der Zauber des Frühlings, seine ewige Jugend geworden! Und das währte noch lange Zeit danach, währte den ganzen Frühling über, ebenso lange wie noch im aufgescheuerten und viele Male durchlüfteten Haus der unheimliche, ekligsüße Geruch zu spüren war – oder man sich einbildete, ihn zu spüren . . .

Einem solchen Seelenbann – nur auf ganz anderem Gebiet – unterlag Mitja auch jetzt: dieser Frühling, der Frühling seiner ersten Liebe, war ebenfalls ein vollständig anderer als alle vorhergegangenen. Wieder war die Welt verwandelt, wieder war sie angefüllt von etwas anderem, etwas scheinbar nicht Dazugehörigem, Fremdem, nur war es nichts Feindliches, nichts Grauenvolles, sondern im Gegenteil etwas, was wundersam mit der Freudigkeit und Jugend des Frühlings übereinstimmte. Und dieses andere war Katja, oder vielmehr jenes Entzückendste von der Welt, das Mitja von ihr verlangte und begehrte. Mehr und mehr verlangte, begehrte er jetzt von ihr, in dem Maße, wie die Frühlingstage fortschritten. Und jetzt, wo sie nicht da war, wo nur ihr Bild, das Bild ihres nicht existierenden, nur ersehnten Wesens da war, da schien sie durch nichts jenes Makellose und Wunderschöne zu stören, das man von ihr erwartete, verlangte, und mit jedem Tag ward sie nur immer lebendiger fühlbar in allem, überall, wohin nur Mitja blickte.

XI

Freudig überzeugte er sich davon in der ersten Woche seines Aufenthaltes zu Haus. Es war damals, als ob der Frühling noch vor der Tür stünde, noch vor Festes Anbruch. Er saß mit einem Buch am offenen Fenster des Wohnzimmers, blickte durch die Stämme der Fichten und Edeltannen im Vorgarten auf das schmutzige Flüßchen in den Wiesen, auf das Dorf an den Abhängen jenseits des Flüßchens: noch schrien von Morgen bis Abend unermüdlich, so wie sie nur im Vorfrühling schrein, vergehend von seliger Geschäftigkeit, die Saatkrähen in den kahlen, hundertjährigen Birken des gutsherrlichen Nachbargartens, noch war der Anblick des Dorfes auf den Hügelhängen farblos, öde und grau, und einzig die Weiden begannen sich dort eben erst mit gelblichem Grün zu überziehen ... Er ging in den Garten: auch der Garten war noch flach und kahl, durchsichtig – nur die grasigen Lichtungen grünten, ganz gesprenkelt mit türkisblauen kleinen Blümchen, die rundgestutzten Bäume längs der Allee begannen sich zu belauben, und ein Kirschgarten, der in einem Wiesengrund im südlichen, tiefer gelegenen Teil des Gartens lag, schimmerte mattweiß, stand in zarter Blüte ... Er ging aufs Feld hinaus: noch war es grau und leer in den Feldern, noch ragten borstig die Stoppeln, noch waren die ausgetrockneten Feldwege holprig-hart und violett getönt ... Und alles das war die Nacktheit der Jugend, die Zeit der Erwartung – und alles das war Katja. Und es wollte nur so scheinen, als ob die Mägde, die im Tagelohn bald mit dieser, bald mit jener Arbeit auf dem Gutshof beschäftigt wurden, seine Gedanken ablenkten, als ob die Knechte in der Gesindestube, die Lektüre, die Spazierritte, die Gänge ins Dorf zu den ihm bekannten Bauern, die Gespräche mit der Mama und die Fahrten ins Feld auf dem leichten Rennwagen mit dem Schulzen (einem stämmigen, groben verabschiedeten Soldaten) ihn zerstreuten.

Dann verging noch eine Woche. Eines Nachts ging ein Wolkenbruch nieder, und darauf schien die Sonne auf einmal zu voller Kraft gelangt zu sein, der Frühling verlor seine Sanftheit und Blässe, und alles ringsum begann sich zusehends zu verändern, nicht nur von Tag zu Tag, sondern von Stunde zu Stunde. Die Stoppelfelder wurden gepflügt und in schwarzen Samt verwandelt, die Wiesenraine ergrünten, das Gras auf dem

Hof wurde saftiger; tiefer und leuchtender blaute der Himmel, der Garten begann sich rasch mit frischem weichem Grün, das selbst weich anzuschauen war, zu bekleiden, die grauen Dolden des Flieders färbten sich lila und füllten sich mit Duft, und schon tauchte eine Unmenge metallischblau schillernder großer Fliegen auf dem dunkelgrün glänzenden Laub seiner Büsche und auf den heißen Sonnenflecken in den Gartenwegen auf. An den Apfel- und Birnbäumen waren die Äste noch zu sehen, sie waren kaum erst überhaucht von den kleinen graugrünen und besonders weichen Blättchen, dafür aber stand das ganze Spalierobst schon in voller Blüte – die Äpfel und Birnen, die überall das Netzwerk ihres krummen Geästes unter den andern Bäumen ausbreiteten, hatten sich lockig mit milchigem Schnee behängt, und mit jedem Tag wurde dieser Blütenflor immer weißer, immer dichter und immer wohlriechender. In dieser wundervollen Zeit verfolgte Mitja voll Freude und Aufmerksamkeit alle Veränderungen des Frühlings, die rings um ihn her vorgingen. Allein Katja trat nicht nur nicht dahinter zurück, verlor sich nicht dahinter, sondern im Gegenteil – sie hatte teil an ihnen allen und fügte allem noch etwas, sich selbst, hinzu, ihre Schönheit, die aufblühte mit dem ganzen Blust des Frühlings, mit dem immer weißer prangenden Garten und dem immer blaueren Himmel.

XII

Und da, als Mitja einmal zum Tee in den mit der sinkenden Abendsonne gefüllten Saal hereinkam, erblickte er unverhofft neben dem Samowar die Post, die er den ganzen Morgen über vergeblich erwartet hatte. Er trat rasch zum Tisch – schon lange, lange hätte Katja doch wenigstens auf einen der Briefe, die er ihr schickte, antworten müssen –, und grell und beängstigend blitzte ihm ein mittelgroßes, elegantes Kuvert mit einer Aufschrift in der ihm wohlbekannten ergreifenden Hand in die Augen. Er ergriff es und entfernte sich mit großen Schritten aus dem Haus, ging weiter durch den Garten, die Hauptallee entlang. Er begab sich nach dem entferntesten Teil des Gartens, dorthin, wo der Wiesengrund hindurchzog, da hielt er inne, und nachdem er sich nach allen Seiten umgeblickt hatte, riß er rasch den Umschlag auf. Der Brief war kurz, enthielt nur wenige Zeilen im ganzen, aber Mitja mußte sie wohl fünfmal hintereinander lesen, um schließlich zu begreifen – so sehr hämmerte sein Herz. »Mein Geliebter, mein Einziger!« las und las er immer wieder, die Erde schwankte unter seinen Füßen von diesen Ausrufen. Er hob die Augen – über dem Garten strahlte sieghaft und freudig der Himmel, ringsum strahlte der Garten in seinem schneeigen Weiß, die Nachtigall, die schon die abendliche Kühle spürte, schlug laut und klar mit der ganzen Süße nachtigallenhafter Selbstvergessenheit im frischen Grün entfernter Büsche – und das Blut strömte ihm aus dem Gesicht, wie Ameisen kribbelte es in seinen Haaren . . .

Langsam ging er ins Haus zurück – der Kelch seiner Liebe war gefüllt bis zum Rand. Und mit gleicher Behutsamkeit trug er ihn auch die folgenden Tage in sich herum, still und glücklich, ja stolz, in Erwartung eines neuen Briefes.

XIII

Die Tage gingen, einer löste den andern ab, aber es kam kein neuer Brief. »Er kommt, er kommt!« sagte sich Mitja ohne Worte. Aber der Brief kam und kam nicht, und allmählich bemächtigte sich seiner eine geheime Unruhe, die sein Glück und seine Sorglosigkeit nicht nur am Tag, sondern auch schon des Nachts im Schlaf zu stören begann.

Der Garten kleidete sich einheitlich, der Garten blühte.

Der riesige alte Ahorn, der den ganzen südlichen Teil des Gartens überragte, wurde noch größer und ansehnlicher – er bekleidete, belaubte sich bis zum letzten Zweig und grünte zum Staunen licht und üppig.

Höher und ansehnlicher wurde auch die Hauptallee, die Mitja beständig vor seinen Fenstern vor Augen hatte: die Wipfel ihrer alten Linden, die sich ebenfalls mit einem wenn auch vorläufig noch durchsichtigen Muster jungen Laubes bedeckten, reckten sich und zogen sich in lichter grüner Kette hin.

Tiefer aber als der Ahorn, tiefer als die Allee und alle die andern laubumkleideten Bäume lag ein ganzes krauslockiges, sahnefarbenes Meer, das im Sonnenlicht Wohlgeruch ausströmte.

Und alles das: die riesige und üppige Krone des Ahorns, die lichtgrüne Kette der Allee, das bräutliche Weiß der Äpfel, Birnen und Weichseln – die Sonne, die

Himmelsbläue und alles, was sich in den Niederungen des Gartens entfaltete, im Wiesengrund, längs der Seitenalleen und Pfade, und am Fuße der südlichen Hauswand, das heißt: Flieder, Akazien, Johannisbeeren, Huflattich, Nesseln und Beifuß – alles das verblüffte und erfreute durch seine Dichte, seine Frische und Neuheit.

Auf dem saubern grünen Hof schien der Raum verengt durch die von allen Seiten hereinstrebenden Pflanzen und Gewächse, das Haus schien kleiner und schöner, es war, als ob es Gäste erwartete – ganze Tage lang standen Türen und Fenster in allen Zimmern offen: im weißen Saal, im blauen altmodischen Wohnzimmer, im kleinen, ebenfalls blauen »Diwanzimmer«, in dem rings an den Wänden ovale Miniaturen hingen, und in der sonnigen »Bibliothek«, einem großen und leeren Eckzimmer mit alten Heiligenbildern im vorderen Winkel und niedrigen Bücherspinden aus Eschenholz längs den Wänden. Und überall schauten festlich die dem Haus nähergerückten Bäume von verschiedenem Grün, bald hell, bald dunkel, mit leuchtendem Himmelsblau zwischen ihrem Geäst in die Zimmer.

Aber es kam kein Brief. Und Mitja war schon nicht mehr wohl zumut. Er kannte Katjas Unfähigkeit, Briefe zu schreiben, wußte, wie schwer es ihr immer wurde, sich dazu aufzuraffen und an den Schreibtisch zu setzen, Feder, Briefbogen und Kuvert zusammenzusuchen und, das Wichtigste: nicht zu vergessen, eine Marke zu kaufen, um nicht neben dem Briefkasten unverrichteter Sache stehenbleiben zu müssen. Er rief sich zurück, daß er doch ganze zwei Wochen ruhig geblieben war, bis zum Empfang des ersten Briefes. Allein, die vernünftigen Vorstellungen waren abermals nur eine schlechte Hilfe. Die glückliche, ja stolze Überzeugung, mit der er einige Tage lang den zweiten Brief erwartet hatte, schwand – er quälte und beunruhigte sich mehr und mehr. Auf solch einen Brief, wie der erste gewesen, hätte ja doch ungesäumt sogleich etwas noch Schöneres, etwas noch Beglückenderes folgen müssen. Aber Katja schwieg.

Er begann, seltener ins Dorf zu gehen, auf die Felder zu reiten. Eine Zeitlang fing er sogar an, in der Bibliothek zu sitzen, in den Eschenschränken zu kramen, Zeitschriften zu durchblättern, die schon jahrzehntelang darin vergilbten und verkamen. Er hatte keine Neigung zum Lesen – nicht umsonst hatte ihn Protassow einen »ungebildeten Banausen« genannt –; aber in den Zeitschriften standen viele schöne Gedichte von alten Dichtern, wunderbare Zeilen, die natürlich fast immer von dem einen sprachen – von dem einen, davon alle Gedichte und Lieder seit Beginn der Welt voll sind, davon auch seine Seele jetzt lebte und das er unverändert, so oder so, auf sich selbst beziehen konnte, auf seine Liebe, auf Katja:

»Es war im Frühling wunderbar,
Sie saßen an der Uferklippe,
Sie noch am Morgen ihrer Jahr',
Ihm schattet' erster Flaum die Lippe . . .«

Und es kam häufig vor, daß er ganze Stunden lang nicht aus der sonnigen Stille der Bibliothek herauskam, daß er regungslos in einem Sessel neben dem geöffneten Bücherschrank saß und sich in allen Tonarten süße Qualen bereitete, indem er wieder und wieder las:

»Alles schläft – komm, Freund, in den schattigen Garten!
Alles schläft – nur die Sterne schauen und warten,
Doch auch sie können uns unter den Zweigen nicht sehn,
Und die Nachtigall nur kann lauschend spähn,
Doch auch sie lauscht nicht: ihr Lied ist ja laut,
Kaum spürt Herz und Hand die Nähe traut,
Das Herz nur, es spürt Glückes Übermacht,
Die wir mit uns hierhergebracht!«

Alle diese bezaubernden Worte, alle diese Anrufungen, die seine eigenen zu sein schienen, waren jetzt wie an eine Einzige gerichtet, an jene, die er, Mitja, unablässig in allem und überall sah, und zuweilen konnten sie beinahe drohend klingen:

»Über blankem Wasserspiegel
Spreiten Schwäne ihre Flügel –
Leise schäumt des Flusses Lauf:
Komm, o komme! Sterne blinken,
Blätter lispeln, Zweige winken,
Wolken ziehn am Himmel auf . . .«

Die Augen schließend wiederholte er, während ihm ganz kalt dabei wurde, ein paarmal hintereinander diesen beschwörenden Anruf, den Schrei eines übervollen Herzens, dessen Liebeswerben nach Siegesjubel, nach seliger Entscheidung dürstet. Dann blickte er lange vor sich hin – auf den weißen Garten vor dem Fenster, auf das Grün der Büsche, auf den großväterlichen Ahorn, der den Garten überragte, lauschte auf das tiefe ländliche Schweigen, das das Haus umgab – und schüttelte bitter den Kopf. Nein, von ihr kam keine Antwort, stumm für ihn glänzte sie dort irgendwo in der fremden und fernen Welt von Moskau! War denn aber da etwa ihr Platz? Hatte er sie nicht gemahnt?

»Maria, kennst du nimmer
Das Haus aus alter Zeit,
Den Teich, umkränzt von Linden
In Traumverlorenheit?
Die schlummernden Alleen,
Den Park, verwunschen, stumm,
Der Ahnenbilder Reihe
Im hohen Saal ringsum?«

Und unverständliche Tränen entbrannten in seinen Augen, als er ein paar Zeilen las, die gar nicht auf seine Liebe zu passen schienen, die ihn aber trotzdem bis zur Qual ergriffen:

»Dein bin ich, teurer Hain der Väter!
Doch bin ich nicht allein gekehrt,
Ein schützend Dach mir zu erflehen,
Bei dir, hart vom Geschick versehrt:
Ich führt' in deinen heiligen Schatten
Noch eine Bittgenossin warm –
Ich brachte meine junge Gattin,
Den stillen Säugling auf dem Arm . . .«

Doch am häufigsten wurde er völlig in eine andere Welt entrückt durch die Zeilen:

»Zur Trägheit neigt der heiße Mittag,
Kein Laut lebt mehr in Laub und Luft,
Es schlummert süß der goldne Käfer
In prangend üppiger Rose Duft . . .«

Das las und las er immer wieder – und leidenschaftliche Träume umfingen ihn von seinem Wiedersehen mit Katja in der Krim, in Missyr, das er sich lebhaft vorstellen konnte, da er als Knabe zweimal in der Krim gewesen war. Herrgott, Herrgott, würde er denn wirklich nie diesen heißen Mittag erleben, die Rosen und Lorbeeren, das Meer, das als blaue Flamme zwischen den Zypressen loderte! Würde Gott ihm wirklich das Glück versagen – einmal zu ihr sagen zu können:

»Gedenkst du des Abends, da sanft das Meer rauschte,
Die Nachtigall sang in dem Hain,
Und duftende Zweige der weißen Akazie
Nickten am Hute dein . . .«?

Ganz kalt und bleich von dieser Frage ohne Antwort starrte er dumpf vor sich hin, dann neigte er langsam den Kopf. Und wieder tauten und strömten Traurigkeit, Wehmut und Zärtlichkeit aus seinem Herzen – und wieder wuchs und reckte sich etwas Grausames und Unheilvolles, etwas Leidenschaftliches und Dräuendes vor ihm auf, etwas wie eine unentrinnbare Beschwörung:

»Über blankem Wasserspiegel
Spreiten Schwäne ihre Flügel –
Leise schäumt des Flusses Lauf:
Komm, o komme! Sterne blinken,
Blätter lispeln, Zweige winken,
Wolken ziehn am Himmel auf . . .«

XIV

Einmal, nachdem er nach dem Mittagessen ein wenig geschlummert – es wurde immer um zwölf Uhr gespeist –, trat Mitja aus dem Haus und ging ohne Eile in den Garten. Häufig arbeiteten Mägde aus dem Dorf im Garten, sie gruben die Erde an den Apfelbäumen um – auch heute waren sie bei der Arbeit. Mitja ging, um eine Weile bei ihnen zu sitzen, mit ihnen zu schwätzen – das war ihm jetzt schon zur Gewohnheit geworden.

Der Tag war heiß und still. Mitja schritt unter dem durchlässigen Schatten der Allee hin und sah von weitem zu seiner Rechten in der prallen Sonne die krausgelockten schneeweißen Äste leuchten. Besonders kräftig und dicht waren die Birnenblüten, und die Mischung von diesem Weiß mit dem grellen Blau des Himmels gab einen violetten Schimmer. Sowohl die Birnen wie die Äpfel blühten, entblätterten sich, und die aufgegrabene Erde um sie herum war ganz besät mit abgewelkten Blütenblättchen. In der lauen Luft spürte man ihren süßlich zarten Duft, gemengt mit dem Geruch des erhitzten und faulenden Mistes auf dem Viehhof. Zuweilen zog ein Wölkchen auf, der dunkelblaue Himmel schimmerte lichter, und die laue Luft und diese faulig übergehenden Düfte wurden noch linder und süßer. Und die ganze duftgetränkte Wärme dieses Frühlingsparadieses summte selig und schlaftrunken von Bienen und Hummeln, die sich in den krausen Honigschnee der Blüten eingruben. Und die ganze Zeit schlug bald hier, bald da, in sehnsuchtsvollem Glück, doch anders als am Abend, die eine oder die andere Nachtigall.

Die Allee wurde in der Ferne durch das Tor zur Tenne abgeschlossen. Zur Linken, in einem vom Gartenwall gebildeten Winkel dunkelte ein Tannenwäldchen. Neben dem Tannenwald leuchteten die Röcke zweier Mägde bunt zwischen den Apfelbäumen. Mitja lenkte seine Schritte wie immer von der Mitte der Allee ab zu ihnen hinüber und schritt, sich bückend, unter den niedrigen weitausladenden Ästen dahin, die ihm frauenhaft das Gesicht streichelten und nach Honig und auch etwas nach Zitrone dufteten. Und wie immer lachte eine der Mägde, die hagere, rothaarige Sonjka, ungebärdig auf, sowie sie ihn nur erblickte, und schrie: »Ei je, der Herr kommt!« in geheucheltem Schreck, sprang von dem dicken Birnenast, auf dem sie ausgeruht hatte, herunter und stürzte zu ihrem Spaten.

Die andere Magd, Glaschka, gab sich im Gegenteil den Anschein, als bemerkte sie Mitja überhaupt nicht; ohne sich zu eilen, stemmte sie fest ihren Fuß in weichem Sockenschuh aus schwarzem Filz, in den sich weiße Blütenblättchen eingedrängt hatten, auf den eisernen Spaten, stieß ihn energisch in die Erde, und die abgetrennte Scholle umwendend, begann sie laut mit einer kräftigen und angenehmen Stimme zu singen: »Garten mein, Garten mein, sag, für wen blühst du?« – Sie war eine große, männlich beherzte und immer sehr ernsthafte Dirne.

Mitja kam heraus und setzte sich auf Sonjkas Platz, auf den gegabelten Ast eines alten Birnbaums. Sonjka blickte ihn hell an und fragte mit gemachter Ungezwungenheit und Heiterkeit:

»Sind Sie eben erst aufgestanden? Haben wohl einen verteufelt schönen Traum gehabt? Haben Sie nicht gehört, wie die Nachtigall unter Ihrem Fenster gesungen hat? Geben Sie acht, daß Sie Ihren Handel nicht verschlafen!«

Mitja gefiel ihr, und sie bemühte sich, es auf alle Weise zu verbergen, aber es gelang ihr nicht, sie benahm sich ungeschickt in seiner Gegenwart, redete, was ihr gerade in den Sinn kam, aber immer mit irgendwelchen Anspielungen durchsetzt, in der dunkeln Ahnung, daß die Zerstreutheit, in der Mitja beständig herumging, in der er sich ihnen näherte und sich auch wieder entfernte, keine gewöhnliche war. Sie hatte Mitja in Verdacht, daß er mit Parascha lebte oder zum mindesten es darauf abgesehen hätte. Sie war eifersüchtig und sprach bald zärtlich, bald schroff mit ihm, blickte ihn bald schmachtend, um ihre Gefühle zu erkennen zu geben, bald kalt und feindlich an. Und alles dies bereitete Mitja ein eigentümliches Vergnügen. Es kam und kam kein Brief, er lebte jetzt nicht mehr, sondern existierte nur noch von Tag zu Tag in unaufhörlicher Erwartung, quälte sich immer mehr ab mit dieser Erwartung und der Unmöglichkeit, das Geheimnis seiner Liebe und seiner Pein mit irgend jemand zu teilen, von Katja zu sprechen, von seinen Hoffnungen auf die Krim, und daher waren ihm Sonjkas Anspielungen auf irgendeine Liebschaft seinerseits angenehm: immerhin berührten doch diese Unterhaltungen jenes Geheime, womit seine Seele sich abquälte. Auch das erregte ihn, daß Sonjka in ihn verliebt war, das heißt, ihm teilweise nahestand und dadurch auf eine gewisse Art zur geheimen Teilnehmerin am Liebesleben seiner Seele wurde, ja, es erwachte zuweilen sogar die seltsame Hoffnung, als könnte er in Sonjka halb eine Vertraute für seine Gefühle, halb einen gewissen Ersatz für Katja finden: auch Sonjka war ja ein Mädchen, eine Frau, war jenes Unheimliche, Wunderbare, Weibliche, wonach er so heiß verlangend strebte.

Ohne es selbst zu ahnen, hatte Sonjka jetzt eben wieder an sein Geheimnis gerührt: »Geben Sie acht, daß Sie Ihren Handel nicht verschlafen!« – Er sah sich um. Der dichte dunkelgrüne Tannenhain, der vor ihm lag, erschien fast schwarz im grellen Tageslicht, und der Himmel schimmerte durch die spitzen Wipfel der Tannen in besonders herrlichem Blau. Das junge Grün der Linden, Ahorne und Ulmen, durchscheinend von der Sonne belichtet, die es überall kosend streifte, bildete ein leichtes, freudiges Dach über dem ganzen Garten, streute die Buntheit von Licht- und Schattenflecken auf das Gras, die Wege, die Wiesen; die warme duftende Baumblüte, die unter diesem Dach noch weißer bleichte, schien porzellanen und glänzte, leuchtete da, wo auch sie liebkosend von der Sonne getroffen wurde. Mitja dachte:

»Eines nur ist in der Welt: traumverloren
Schattendes Ahorngezelt . . .
Eines nur ist in der Welt: der Erkorenen
Scheitel so duftig gewellt . . .«,

und gegen seinen Willen lächelnd, fragte er Sonjka: »Was für einen Handel könnte ich verschlafen? Das ist ja eben der Kummer, daß ich mit niemandem einen Handel habe.«

»Schweigen Sie nur und schwören Sie nicht, ich glaub's auch so!« rief Sonjka fröhlich und derb zur Antwort und bereitete ihm abermals Vergnügen durch ihren Unglauben an fehlende Liebeshändel bei ihm; plötzlich schrie sie wieder ungebärdig auf und wehrte ein rotbraunes Kalb mit lockiger weißer Stirnblesse ab, das langsam aus dem Tannenwäldchen herausgetreten, von hinten an sie herangekommen war und den Faltenbesatz an ihrem Kattunkleid anzuknabbern begann.

»Ach, daß dich der Schlag trifft! Da hat Gott mir noch so ein Goldsöhnchen geschickt!«

»Richtig, man sagt ja, daß du einen Freier hast?« sagte Mitja, der nicht wußte, wovon er reden sollte, aber gerne das Gespräch fortgesetzt hätte. »Es heißt: ein reicher Hof, ein hübscher Bursch, aber du hättest ihn ausgeschlagen, willst dem Vater nicht gehorchen . . .«

»Geld rundum, aber dumm, 's wird früh dunkel im Kopf bei ihm«, gab Sonjka, ein wenig geschmeichelt, flink zur Antwort. »Kann sein, ich hab' jemand andern im Sinn . . .«

Die ernste und schweigsame Glaschka schüttelte, ohne die Arbeit zu unterbrechen, den Kopf:
»Du schwätzt schon das Blaue vom Himmel herunter, Mädel!« sagte sie halblaut, »du faselst hier wie im Schlaf, aber durchs Dorf geht das Gerücht . . .«
»Schweig, schnattre du nicht!« schrie Sonjka, »die Katze hat Krallen, läßt sich nix gefallen!«
»Wer ist denn jener andere, den du im Sinn hast?« fragte Mitja.
»Da ich's schon gestanden hab'!« sagte Sonjka. »Ich hab' mich da in Ihren alten Hirt verliebt. Wenn ich ihn nur sehe, wird's mir gleich himmelhöllenheiß! Ich fahre nicht schlechter als Sie mit alten Pferden«, sagte sie herausfordernd und spielte damit ersichtlich auf die zwanzigjährige Parascha an, die im Dorf schon für eine alte Jungfer galt. Und plötzlich warf sie ihre Schaufel weg, setzte sich voller Keckheit, auf die sie in Anbetracht ihrer heimlichen Verliebtheit in den jungen Herrn gewissermaßen ein Recht hatte, auf die Erde, streckte die Beine von sich und spreizte leicht die Füße, die in alten derben Halbstiefeln und buntscheckigen wollenen Strümpfen steckten, und ließ kraftlos die Arme fallen. »Uff, nichts hab' ich geschafft, aber ganz hin bin ich!« rief sie lachend. »Meine Stiefel sind zerrissen«, begann sie durchdringend laut zu singen,

»Meine Stiefel sind zerrissen,
Und der Lack ist ganz zerschlissen . . .«,

und wieder schrie und lachte sie:
»Kommen Sie mit mir in die Schutzhütte, ausruhen, ich bin mit allem einverstanden!«

Das Lachen steckte Mitja an. Mit einem breiten und unbeholfenen Lächeln sprang er von seinem Ast herunter, ging zu Sonjka, streckte sich ins Gras aus und legte seinen Kopf in ihren Schoß. Sonjka stieß ihn herunter – er legte ihn wieder hin, dachte wieder in Versen, die er in den letzten Tagen immer und immer wieder gelesen hatte:

»Glückes Allmacht hat gewaltet,
Hat dich, Rose, licht entfaltet,
Und mit Tau dich feucht geschwellt –
Nimmer faßbar, nimmer endend,
Wonneduftend, wonnespendend,
Liegt vor mir der Liebe Welt . . .«

»Rühren Sie mich nicht an!« schrie Sonjka jetzt in aufrichtigem Schrecken und bemühte sich, seinen Kopf, den er fest in ihren Schoß stemmte, hochzuheben und wegzustoßen. »Oder aber ich schreie, daß alle Wölfe im Wald losheulen! Ich hab' nichts für Sie übrig, wie gewonnen, so zerronnen! Ich bin helle und schnelle, nicht die Rechte für Sie!«
Mitja schloß die Augen und schwieg. Die Sonne, durch die Äste, das Laub und die Birnenblüten zersprenkelt, funkelte in heißen Flecken, kitzelte sein Gesicht.
Sonjka zauste zärtlich und erbost seine starren schwarzen Haare, »die reinsten Pferdehaare!« rief sie und deckte ihm die Augen mit seiner Mütze zu. Im Nacken fühlte er ihre Beine – Frauenbeine, das Beängstigendste, was es auf der Welt gibt! –, sein Scheitel berührte ihren Leib, er spürte den Geruch ihres Kattunrockes, ihrer Jacke, und alles das vermischte sich mit dem

blühenden Garten und mit Katja; das schmachtende Schlagen der Nachtigallen nah und fern, das unaufhörliche, wollüstig schläfrige Summen der zahllosen Bienen, die honigschwere laue Luft und selbst die einfache Empfindung der Erde unter seinem Rücken war quälend, peinigte ihn mit dem heißen Verlangen nach irgendeinem übermenschlichen Glück. Und plötzlich rauschte etwas im Tannengehölz, lachte lustig und schadenfroh, und dann erklang ein lautschallendes: »Kuk-kuck, kuk-kuck!« – und es erklang so beängstigend, so rund und klar, so nah und deutlich, daß das schnarrende Vibrieren des spitzen Züngleins vernehmbar war, das Verlangen aber nach Katja und das Verlangen, das Begehren, daß sie, koste es, was es wolle, ihm unverzüglich eben dieses übermenschliche Glück gewähren sollte, erfaßte Mitja so rasend, daß er zu Sonjkas äußerster Verwunderung jäh aufsprang und sich mit großen Schritten entfernte, indem er ihr vom Weg aus mit verstelltem Lachen zurief:
»Nein, ich gehe lieber Tee trinken, sonst gibt's noch ein Unglück mit dir!«
Zugleich mit diesem rasenden Begehren, diesem Glücksverlangen, hatte er bei der schallenden Stimme, die so unvermutet mit so unheimlicher Deutlichkeit gerade über seinem Kopf im Tannengehölz erklungen war und gleichsam den Schoß dieser ganzen Frühlingswelt bis in seine Tiefen aufgerissen hatte, plötzlich die Vorstellung gehabt, daß kein Brief kommen würde, gar nicht kommen könnte, daß in Moskau irgend etwas geschehen war oder gleich geschehen würde, und daß er verloren war, vernichtet!

XV

Im Haus blieb er einen Augenblick vor dem Spiegel im Saal stehen. »Sie hat recht«, dachte er, »ich habe, wenn auch nicht byzantinische, so doch auf jeden Fall wahnsinnige Augen.« Diese Magerkeit aber, der grobe und knochige ungefüge Gliederbau, die finstere Eckigkeit der Brauen, das starre Schwarz der Haare, die tatsächlich fast wie Pferdehaare waren, wie Sonjka gesagt hatte, wie stand es damit?

Und er versuchte mit seinem großen Mund zu lächeln, mit »jener lieben jungenhaften Unbeholfenheit«, um derentwillen ihn Katja angeblich liebte. Und richtig, sogar dieses gemachte Lächeln verschönte sogleich alles: er fühlte es selbst, wie zärtlich, kindlich froh und hilflos es war.

Hinter seinem Rücken ließ sich das rasche Trippeln nackter Füße vernehmen.

»Sicher haben Sie sich verliebt, Sie schauen immer in den Spiegel!« sagte mit verschmitzter Spaßhaftigkeit Parascha, die mit dem kochenden Samowar in Händen an ihm vorbei nach dem Balkon eilte.

»Die Frau Mama haben Sie gesucht«, fügte sie hinzu, setzte den Samowar mit Schwung auf den zum Tee gedeckten Tisch, wandte sich nach ihm um und warf einen raschen und durchdringenden Blick auf Mitja.

Alle wissen es, alle raten es – dachte Mitja und fragte, sich gewaltsam zusammennehmend:

»Wo ist sie denn?«

»In ihrem Zimmer. Aber jetzt wird sie gleich zum Tee herauskommen . . .«

Die Sonne, die auf ihrem Weg ums Haus schon am westlichen Himmel angelangt war, lugte spiegelnd durch die Fichten und Edeltannen hindurch, die mit ihren Nadelzweigen den Balkon beschatteten. Die Sträucher des Pfaffenhütchens darunter funkelten auch ganz sommerlich glasig. Der Tisch, von leichtem Schatten überzogen, hier und da mit leuchtenden Lichtflecken bestreut, strahlte mit seinem weißen Tischtuch. Wespen kreisten über dem Körbchen mit Weißbrot, über dem geschliffenen Gefäß mit Eingemachtem, über den Teetassen. Und dieses ganze Bild zeugte beredt von dem wunderschönen Sommer auf dem Land und davon, wie glücklich und sorglos man hätte sein können. Um dem Eintritt der Mama, die natürlich nicht weniger als die andern seine Lage begriff, zuvorzukommen und um zu zeigen, daß er ganz und gar keine drückenden Geheimnisse auf dem Herzen hätte, trat Mitja aus dem Saal auf den Flur hinaus, auf den die Türen seines Zimmers, des Zimmers seiner Mutter und noch zweier anderer Räume mündeten, in denen im Sommer Anja und Kostja wohnten. Im Flur war es dämmerig, im Zimmer von Olga Petrowna lag ein bläuliches Licht. Ihr ganzes Zimmer war eng und behaglich mit den allerältesten Möbeln, die es im Haus gab, vollgestellt: mit Chiffonnieren, Kommoden, einem großen Bett und einem kleinen Heiligenaltar, vor dem wie immer ein ewiges Lämpchen brannte, obwohl Olga Petrowna niemals eine besondere Religiosität zur Schau getragen hatte. Vor den geöffneten Fenstern, auf den verödeten Blumenrabatten vor dem Eingang in die Hauptallee lag breiter Schatten, hinter dem Schatten aber schimmerte im Gegensatz dazu doppelt festlich in seinem Grün und Weiß der hellbelichtete Garten. Ohne auf dieses ganze, längst gewohnte Bild hinauszuschauen, saß, die Augen mit der Brille auf ihre Hände gesenkt, Olga Petrowna, eine stattliche und hagere, schwarze und ernste Frau von vierzig Jahren in einem Sessel am Fenster und stocherte flink und emsig mit ihrem Häkelhaken.

»Du hast nach mir gefragt, Mama?« sagte Mitja eintretend und blieb an der Schwelle stehen.

»Das nicht, ich wollte dich einfach gern sehen. Ich sehe dich ja jetzt fast nie, außer beim Mittagessen«, antwortete Olga Petrowna, ohne ihre Arbeit zu unterbrechen, ganz besonders, fast unverhältnismäßig ruhig.

Mitja erinnerte sich, wie Katja am neunten März gesagt hatte, daß sie sich aus irgendeinem Grunde vor seiner Mutter fürchtete, erinnerte sich der geheimen, bezaubernden Bedeutung, die unzweifelhaft in ihren Worten gelegen, und er hatte Lust, mit dem Kopf in der Mutter Schoß zu sinken und in heiße Tränen auszubrechen. Befangen murmelte er:

»Aber du hattest mir vielleicht irgend etwas zu sagen?«

»Nichts, als daß es mir so vorkommt, als ob du in den letzten Tagen anfingst, dich ein wenig zu langweilen«, sagte Olga Petrowna. »Du solltest vielleicht irgendwohin fahren – zu den Mestschterskijs zum Beispiel ... Das Haus ist voller zukünftiger Bräute dort«, fügte sie lächelnd hinzu, »und es ist meiner Ansicht nach überhaupt eine sehr nette und gefällige Familie.«

»Wenn es geht, werde ich gern in einigen Tagen einmal

bei ihnen vorbeifahren«, antwortete Mitja mühsam. »Aber komm doch Tee trinken, es ist so schön auf dem Balkon . . . Da können wir weiter miteinander reden«, sagte er und wußte recht gut, daß die Mama bei ihrem durchdringenden Verstand und ihrer Zurückhaltung nicht mehr auf dieses zwecklose Gespräch zurückkommen würde.

Auf dem Balkon blieben sie fast bis Sonnenuntergang sitzen. Die Mama fuhr nach dem Tee fort zu häkeln und von den Nachbarn zu plaudern, von der Wirtschaft, von Anja und Kostja – Anja würde im August schon wieder eine Mehrausgabe beanspruchen! – Mitja hörte zu, gab zuweilen eine Antwort, hatte aber die ganze Zeit über eine Empfindung ähnlich derjenigen vor seiner Abreise in Moskau – daß er wie trunken, wie benommen war durch irgendeine schwere Krankheit, die schon in ihm saß, und daß er sich noch einmal von Katja losriß, eine neue Trennung von ihr durchmachte – ohne Zweifel war das Verhängnisvolle in Moskau geschehen! –, und dieses Mal war die Trennung eine so furchtbare, daß diejenige, die er einen Monat zuvor durchlebt, daneben als das höchste Glück erschien! . . .

Am Abend aber wanderte er wohl zwei Stunden ohne Unterbrechung im Hause auf und nieder, ging quer durch den Saal, das Wohnzimmer, das »Diwanzimmer« und die Bibliothek bis dicht an deren nach Süden gelegenes Fenster, das nach dem Garten offenstand. In die Fenster des Saales und des Wohnzimmers leuchtete in mildem Rot der Sonnenuntergang durch die Zweige der Fichten und Edeltannen, man hörte die Stimmen und das Lachen der Knechte, die sich neben der Gesindestube zum Abendessen versammelten. Durch das Bibliotheksfenster am Ende der Zimmerflucht schaute das gleichmäßige und farblose Blau des Abendhimmels mit einem unbeweglichen rosigen Stern darüber; auf dem Hintergrunde dieses Blaus zeichnete sich mit malerischer Bildhaftigkeit der grüne Wipfel des Ahorns ab und das schier winterliche Weiß alles dessen, was im Garten blühte. Er aber wanderte, wanderte auf und nieder und kümmerte sich nicht im geringsten mehr darum, wie das wohl im Hause ausgelegt werden würde. Seine Zähne waren zusammengebissen, daß es schmerzte.

XVI

An diesem Tage erlitt Mitjas Liebe einen furchtbaren Umschwung.

Von diesem Tage an hörte er auf, alle jene Veränderungen zu verfolgen, die der Frühling, der anbrechende Sommer rings um ihn her vollbrachten. Er sah und fühlte sie sogar, diese Veränderungen, aber sie verloren für ihn ihren selbständigen Wert, er genoß sie nur noch mit Qual: je schöner, um so martervoller für ihn. Katja wurde zu einer wahren Besessenheit und Versuchung, Katja war in allem und überall bis zur Abgeschmacktheit; da aber jeder neue Tag immer furchtbarer bestätigte, daß sie für ihn, Mitja, fast nicht mehr existierte, daß sie sich schon in eines andern, eines Fremden Macht befand, daß sie etwas Ungeheuerliches vollbrachte – einem andern sich und ihre Liebe hingab, die ihm, Mitja, allein und ungeteilt zu gehören hatte –, so geschah auch alles andere in der Welt nicht so, wie es geschehen mußte, alles schien unnütz und qualvoll, und um so unnützer und qualvoller, je schöner es war.

Alles um ihn herum fuhr fort, ein gleichmäßiges Leben zu leben, das Schuldige und Mögliche nach Maßgabe der Kräfte zu leisten. Er allein stand außerhalb dieses Lebens, tat, leistete nichts, sondern dürstete nach etwas ebenfalls Schuldigem, Notwendigem, das sogar noch hundertmal notwendiger als alles übrige, zugleich aber auch etwas Maßloses und ganz und gar Unmögliches war.

Des Nachts schlief er fast nicht. Der Zauber dieser Mondnächte war unvergleichlich. Still, ganz still lag der milchige Garten. Behutsam, zart, vor Wonne vergehend sangen die Nachtigallen, miteinander wetteifernd an Süße und Zartheit ihrer Lieder, an Reinheit, sorgsamer Ausführung und Klangfülle. Und der stille, zärtliche, ganz bleiche Mond stand tief über dem Garten, und ständig begleitete ihn ein unsagbar entzückendes Gekräusel bläulicher Lämmerwölkchen. Mitja schlief bei unverhängten Fenstern, Mond und Garten schauten die ganze Nacht zu ihm herein. Und jedesmal, wenn er die Augen öffnete und in den Mond blickte, rief er sofort in Gedanken wie ein Wahnbesessener aus: »Katja!« – und mit solchem Entzücken, solchem Schmerz rief er es aus, daß ihm selber ganz irr und wirr zumute wurde: worin konnte denn nur der Mond ihn an Katja gemahnen, aber er tat es, gemahnte ihn durch irgend etwas an sie, und sogar – was am verwunderlichsten war – durch etwas Sichtbares! Zuweilen aber sah er einfach nichts: das Verlangen nach Katja, die Erinnerung an das, was zwischen ihnen in Moskau gewesen war, packte ihn mit solcher Gewalt, daß er am ganzen Leibe in Fieberschauern bebte, mit den Zähnen klapperte und zu Gott betete – doch stets vergebens –, daß er sie hier bei sich, hier auf diesem Bett, und sei's auch nur im Traum, erblicken möge. Einmal im Winter war er mit ihr im »Großen Theater« in einer Aufführung des »Faust« mit Sobinow und Schaljapin gewesen. Alles war ihm an diesem Abend aus Gott weiß welchem Grunde ganz besonders hinreißend erschienen: der hellerleuchtete, von der Menschenfülle schon erhitzte und parfümierte Abgrund, der unter ihnen gähnte, die rotsamtenen, goldverzierten Stockwerke der Logen, angefüllt mit strahlendem Putz und Staat, der Perlenglanz des gigantischen Kronleuchters über diesem Abgrund, die tief da unten unter dem Schwingen des Dirigentenstabes dahinfließenden Klänge der Ouvertüre, bald schmetternd diabolisch, bald zart und traurig: »Es war ein König in Thule . . .« Nachdem er nach dieser Aufführung Katja durch den starken Frost der Mondnacht zur Kislowkastraße heimbegleitet hatte, blieb Mitja noch bis zu besonders später Stunde bei ihr sitzen, war besonders entnervt von ihren Küssen, und er nahm das seidene Band mit sich fort, mit welchem Katja sich für die Nacht ihren Zopf zuzubinden pflegte . . . Jetzt in diesen qualvollen Mainächten war es soweit mit ihm gekommen, daß er nicht einmal ohne Erbeben an dieses Band, das zwei Schritte von ihm entfernt im Schreibtisch lag, zu denken vermochte.

Am Tage aber schlief er, und später ritt er ins Dorf, wo sich die Eisenbahnstation und die Post befanden. Die Tage blieben anhaltend schön. Es fiel wohl bisweilen Regen, ein Gewitter, ein Guß zog vorüber, dann aber strahlte wieder die heiße Sonne und verrichtete unermüdlich ihre drängende Arbeit in Garten, Feld und Wald. Die Baumblüte war vorüber, der Flor entblättert, dafür aber verdichtete und verdunkelte sich der Garten weiter ungestüm. Die Wälder ertranken bereits in unzähligen Blumen, in hohen Gräsern, und ihre widerhallende Tiefe lockte unermüdlich durch die Stimmen des Kuckucks und der Nachtigall in ihren grünen Schoß. Lange schon war die weite jungfräuliche Nacktheit der Felder spurlos verschwunden – lückenlos waren sie bedeckt mit mannigfaltig aufgekeimten Getreidesaaten. Und Mitja verlor sich ganze Tage lang in diesen Feldern und Wäldern.

Allzu beschämend war es ihm geworden, jeden Morgen auf dem Balkon oder mitten auf dem Hof herumzustehen in fruchtloser Erwartung auf die Rückkehr des Schulzen oder eines der Knechte von der Post. Auch hatten der Schulze und die Knechte nicht immer Zeit, acht Werst weit wegen solcher Kleinigkeiten zu reiten. Da begann er selbst zur Post zu reiten. Allein auch er kehrte unabänderlich mit einer einzigen Zeitungsnummer oder mit einem Brief von Anja, von Kostja heim. Und seine Qualen erreichten die äußersten Grenzen. Die Wälder und Felder, durch die er ritt, erdrückten ihn derartig durch ihre Schönheit, ihre Glückesfülle, daß er irgendwo in seiner Brust einen geradezu physischen Schmerz zu fühlen begann, einen

Schmerz, der blieb, nicht vorüberging, sondern sich für immer in ihm festzusetzen schien. Und bisweilen hielt er auf freiem Feld sein Pferd an, blickte in die Ferne, nach Norden – dorthin, nach Moskau –, dann fiel er vornüber auf den Hals des Pferdes und erstickte vor Tränen.

Einmal, gegen Abend, ritt er von der Post durch den benachbarten unbewohnten Herrenhof zurück, der in einem großen alten Park lag, welcher in einen ihn rings einschließenden Birkenwald überging. Er ritt über den »Paradeweg«, wie die Bauern die Hauptallee dieses Besitztums nannten. Sie wurde durch zwei Reihen riesiger schwarzer Tannen gebildet. Breit, von großartiger Düsternis, ganz bedeckt mit einer dicken Schicht rostfarbener schlüpfriger Nadeln, führte sie auf das altertümliche Haus zu, das am äußersten Ende dieses in der Ferne fast in spitzem Winkel zusammenlaufenden Ganges stand. Das rote, nackte, ruhige Licht der Sonne, die zur Linken hinter dem Park und dem Wald versank, beleuchtete schräg zwischen den Stämmen einfallend das Untere dieses Ganges, flimmerte auf seiner goldigen Nadelstreu. Und solche verzauberte Stille herrschte rundum – einzig die Nachtigallen schlugen von einem Ende des Parks zum andern –, so süß duftete es nach Tannen und nach Jasmin, dessen Büsche von allen Seiten das Haus umgaben, ein so großes, längst vergangenes, fremdes Glück – das eines andern – verspürte Mitja in alledem, und mit so unheimlicher Deutlichkeit stellte er sich plötzlich auf diesem großen morschen Balkon inmitten der Jasminbüsche Katja als sein junges Weib vor, daß er selbst

fühlte, wie eine tödliche Blässe sein Gesicht überzog, und er sagte laut und fest vor der ganzen Allee:
»Wenn in einer Woche kein Brief kommt – erschieße ich mich!«

XVII

Am nächsten Tag stand er sehr spät auf. Nach dem Mittagessen saß er auf dem Balkon, hielt ein Buch auf den Knien, starrte auf die bedruckten Seiten und dachte stumpf: »Soll ich nach der Post reiten oder nicht?« Es war richtig heiß, weiße Schmetterlinge kreisten paarweise, einer hinter dem andern, über dem warmen Gras, über den glasig funkelnden Sträuchern des Pfaffenhütchens. Er beobachtete die Schmetterlinge, blies sich die zudringlich klebenden Fliegen von der Wange und fragte sich wieder: »Soll ich oder nicht? Soll ich reiten oder einfach abbrechen, diese schmachvollen Ritte zum Teufel schicken!«
Hinter einer Anhöhe tauchte im Torweg der Schulze auf einem Hengst auf. Er blickte nach dem Balkon und ritt gerade darauf zu. Als er herangekommen war, hielt er sein Pferd an und sagte blinzelnd:
»Guten Morgen . . . Immer beim Lesen?«
Und er lächelte, sah sich ringsherum um.
»Die Frau Mama schlafen?« fragte er halblaut.
»Ich glaube ja«, antwortete Mitja, »was soll's?«
»Der Schulze schwieg einen Augenblick und sagte dann plötzlich ernst:
»Na ja, junger Herr, Bücher sind gut, aber alles zu seiner Zeit. Was leben Sie hier gerad wie ein Mönch?

Gibt's nicht genug Weibsleute, Bauerndirnen hier?«
Mitja erwiderte nichts und senkte die Augen.
»Wo warst du?« fragte er ohne aufzublicken.
»Ich war auf der Post«, sagte der Schulze, »und natürlich kein Dunst von einem Brief, nur die eine Zeitung.«
»Warum ›natürlich‹?«
»Darum, weil sie folglich noch am Schreiben, noch nicht damit fertig geworden ist!« antwortete der Schulze spöttisch und derb, beleidigt, daß Mitja sein Gespräch nicht aufgenommen hatte . . .
»Da, bitte sehr«, fügte er hinzu, Mitja die Kreuzbandsendung hinüberreichend, trieb sein Pferd an und ritt davon.
»Ich erschieße mich!« dachte Mitja entschlossen und blickte ins Buch, ohne die Buchstaben zu sehen. Gleichzeitig aber hatte er ein Ziehen in den Schenkeln, wie man es manchmal fühlt, wenn man von einer furchtbaren Höhe aus in einen Abgrund hinunterblickt . . . Es war klar, daß der Schulze ihm vorschlagen wollte, ihn mit irgend jemandem zusammenzubringen.

XVIII

Mitja selbst konnte nicht umhin, zu begreifen, daß es nicht möglich war, sich etwas Tolleres vorzustellen als dieses: sich zu erschießen, sich den Schädel zu zerschmettern, auf einmal das Schlagen seines kräftigen jungen Herzens abzubrechen, Denken und Fühlen einfach auszulöschen, taub, blind zu werden, aus dieser unsagbar schönen Welt, die sich zum ersten Male ihm ganz offenbart hatte, zu verschwinden, sich augenblicks und auf ewig der Teilnahme an eben diesem Leben zu berauben, wo es Katja gab und den anbrechenden Sommer, wo es Himmel, Wolken, Sonne, lauen Wind gab, Korn auf den Feldern, Ortschaften, Dörfer, Mägde, die Mama, den Hof, Anja, Kostja, die Gedichte in den alten Zeitschriften, und irgendwo dort weit, weit ab – Sewastopol, das Baidarsche Tor, fliederfarbene glutende Berge mit Fichten- und Buchenwäldern, Tataren mit ihren von heißem Staub bedeckten Karren, die blendend weiße, stickig heiße Landstraße, die Gärten von Livadia und Alupka, den glühend erhitzten Strand am strahlenden Meer, sonnenverbrannte Kinder, sonnenverbrannte Badende – und wieder Katja, Katja in weißem Kleid, unter weißem Sonnenschirm am Ufergeröll sitzend, ganz dicht bei den Wellen, die einen blind mit ihrem Blinken machten und ein unwillkürliches Lächeln grundlosen Glückes hervorriefen . . .

Er begriff es, allein, was sollte er tun? Wie sich herausreißen und wohin aus diesem verhexten Kreis, in dem es um so qualvoller, um so unerträglicher war, je schöner es wurde? Eben dieses war es, was über die Kraft ging – das Glück, mit dem ihn die Welt schier erdrückte, erstickte, und dem doch etwas, das Allernotwendigste, fehlte.

Wenn er des Morgens erwachte, war das erste, was ihm in die Augen fiel, die frohe freudige Sonne, das erste, was er hörte, der frohe freudige, ihm von Kindheit an vertraute Glockendreiklang der Dorfkirche dort hinter dem betauten Garten, der voller Licht und Schatten, Blumen und Vögel war, freudig, froh und lieb war sogar die gelbe Tapete an den Wänden, immer noch dieselbe, die auch in seiner Kindheit dort gegilbt hatte. Doch sogleich durchdrang seine ganze Seele Entzücken und Entsetzen, der Gedanke: »Katja!« Die Morgensonne strahlte mit ihrer, Katjas, Jugend, die Taufrische des Gartens war ihre Frische, all das Fröhliche, Spielerische, das im Dreiklang der Glocken lag, spielte ebenfalls mit der Schönheit, der kecken Anmut ihrer Gestalt, die großväterlichen Tapeten verlangten, daß sie mit Mitja das ganze ländliche, altväterische, heimische Dasein, jenes Leben teilen sollte, das hier auf diesem Gutshof, in diesem Haus seine Väter und Vorväter gelebt hatten und gestorben waren. Und Mitja warf die Bettdecke von sich, sprang im bloßen Hemd mit offenem Kragen, langbeinig, hager, doch immerhin kräftig, jung und warm vom Schlaf aus dem Bett, zog rasch die Lade seines Schreibtisches auf, ergriff die geheiligte Photographie und erstarrte fast zu Stein, indem er sie gierig und fragend betrachtete. Aller Reiz, alle Anmut, all jenes Unerklärliche, Strahlende und Lockende, was in einem jungfräulichen weiblichen Wesen ist, alles das lag in ihrem ein wenig schlangenhaften Köpfchen, in ihrer Haartracht, in ihrem eine Spur herausfordernden und zugleich unschuldigen Blick. Allein rätselvoll und in unerschütterlichem heiterem Stillschweigen strahlte dieser Blick – und wo sollte man die Kraft hernehmen, ihn zu ertragen, so nah und so fern, jetzt aber vielleicht sogar ihm auf ewig fremd, diesen Blick, der solch ein unsagbares Glück, zu

leben und zu lieben, ihm eröffnete, und so schamlos und fürchterlich getrogen hatte?
So begann für Mitja fast jeder einzelne Tag, und in solchen Qualen, stets in ein und denselben Gedanken, stets in ein und denselben die Seele zerreißenden, toll sich widersprechenden Gefühlen verging er auch ganz.
An jenem Abend, als er von der Post über Schachowskoje heimgeritten war, über die altväterische, unbewohnte Besitzung mit der schwarzen Tannenallee, hatte er durch seinen für ihn selbst sogar überraschenden Ausruf jenem äußersten Grad der Zermürbtheit, den er erreicht, den richtigen Ausdruck gegeben. Als er vor dem Fenster der Post hielt und vom Sattel zuschaute, wie der Postbeamte vergeblich den Packen Zeitungen und Briefe durchwühlte, hörte er hinter sich das Geräusch des Zuges, der sich der Station näherte, und dieses Geräusch und der Geruch des Lokomotivenrauchs erschütterte ihn mit dem Glück der Erinnerung an den Krusker Bahnhof und überhaupt an Moskau. Von der Post durch das Dorf reitend, fand er in jeder mittelgroßen Bauerndirne, die vor ihm herging, in der Bewegung ihrer Hüften etwas von Katja. Im Feld begegnete er einem Dreigespann – in dem Tarantas, der flott dahinrollte, schimmerten zwei Hüte, darunter ein jungmädchenhafter, und er hätte fast aufgeschrien: »Katja!« Die weißen Blumen am Wiesenrain verbanden sich augenblicklich in ihm mit dem Gedanken an ihre weißen Handschuhe, die blauen Aurikel mit der Farbe ihres Schleiers . . . Als er aber mit sinkender Sonne in Schachowskoje einritt, gab ihm der

trockne und würzigsüße Geruch der Tannen und der üppige Duft des weißen Jasmins ein so durchdringendes Gefühl von Sommer und von irgend jemandes altväterischem Sommerleben auf dieser reichen und schönen Besitzung, daß er, auf das rotgoldene Abendlicht in der Allee blickend, auf das Haus, das in ihrer Tiefe stand, auf die abendlichen Schatten, plötzlich fast mit derselben Deutlichkeit, wie er das Haus und den Jasmin vor sich sah, Katja erblickte, wie sie in voll entfalteter Blüte weiblichen Reizes vom Balkon in den Garten hinunterstieg. Lange schon hatte er die lebendig-wirkliche Vorstellung von ihr verloren, und mit jedem Tag war sie ihm unalltäglicher, verklärter erschienen – an diesem Abend aber hatte ihre Verklärung eine solche Stärke, eine solche triumphale Sieghaftigkeit erreicht, daß Mitja sich noch mehr entsetzte als an jenem Mittag, da so unverhofft der Kuckuck über ihm geschrien hatte. Und er hatte recht damit, als er ausrief, daß er so nicht mehr weiterleben könne. Ja, ein Brief mußte kommen, sei er, wie er wolle, ein Brief war notwendig – oder der volle Verzicht darauf; die Rückkehr zu einem gewöhnlichen Menschenleben war notwendig, zu einer gewöhnlichen Liebe, oder der übliche Bruch; aber die Fortsetzung des Lebens, das er jetzt führte, war unmöglich, ging über seine Kraft.

XIX

Und er hörte auf, nach der Post zu reiten, zwang sich, diese Ritte einzustellen durch eine äußerste, verzweifelte Willensanstrengung. Er hörte auch auf, selbst zu schreiben. Er hatte ja alles zur Genüge versucht, zur Genüge geschrieben: rasende Beteuerungen seiner Liebe, wie es noch keine auf Erden gegeben, erniedrigendes Flehen um Katjas Liebe, oder doch wenigstens um ihre »Freundschaft«, gewissenlose Erdichtungen, daß er krank sei, daß er ihr vom Bett aus schriebe – mit der Absicht, sei es auch nur ihr Mitgefühl, sei es auch nur irgendeine Teilnahme zu erregen – und sogar drohende Anspielungen darauf, daß ihm augenscheinlich nur das eine übrigbleibe –, Katja und seine »glücklicheren Nebenbuhler« von seiner Anwesenheit auf Erden zu befreien. Und als er aufgehört hatte, zu schreiben und eine Antwort zu ersehnen, zwang er sich mit aller Kraft, nichts mehr zu erwarten (dennoch in der heimlichen Hoffnung, daß der Brief eben gerade dann kommen würde, wenn man entweder das Schicksal betrog, indem man recht trefflich den Gleichmütigen spielte, oder wenn man in der Tat seinen Gleichmut erlangt hätte), bemühte sich auf alle Weise, nicht an Katja zu denken, suchte auf alle Weise Erlösung von ihr, und begann daher wieder, ins Dorf zu gehen, in den Bauernhütten zu sitzen, zu lesen, was ihm unter die Hände kam, mit dem Schulzen in landwirtschaftlichen Angelegenheiten nach den Nachbardörfern zu fahren und sich unermüdlich in seinem Innern zu wiederholen: »Einerlei, mag kommen, was will!«

Einmal nun kehrte er mit dem Schulzen von einem Vorwerk zurück, sie fuhren in einem leichten Rennwagen und, wie immer, in sehr flotter Gangart. Sie saßen beide rittlings im Wagen, der Schulze vorn – er kutschierte –, Mitja hinter ihm, und beide wurden sie durch die Stöße hochgeschleudert, besonders Mitja, der sich kräftig am Sitzkissen festhielt, und bald auf den roten Nacken des Schulzen, bald auf die vor seinen Augen auf und nieder hüpfenden Felder blickte. Als sie sich dem Hause näherten, ließ der Schulze die Zügel locker, fuhr im Schritt, begann sich eine Zigarette zu drehen, und, in den ausgeweiteten Tabaksbeutel hineinlächelnd, sagte er:

»Sie waren damals böse auf mich, junger Herr, aber wirklich ganz unnütz. Habe ich etwa die Unwahrheit zu Ihnen gesagt? Bücher sind gut, warum soll man nicht in seinen Mußestunden auch lesen, aber die Bücher laufen einem ja nicht davon, und alles hat seine Zeit.«

Mitja flammte auf, und, überraschend für ihn selbst, antwortete er mit verstellter Harmlosigkeit und mit einem verlegenen Lächeln:

»Es ist ja niemand da, den man ins Auge fassen könnte . . .«

»Wie denn?« sagte der Schulze, »niemand da! Soviel Weibsleute und Mägde! Sie machen sich wohl über mich lustig, junger Herr?«

»Die Mägde haben einen bloß zum besten«, erwiderte Mitja und bemühte sich, im Ton des Schulzen zu reden, »diesen Bauerndirnen ist nicht zu trauen.«

»Sie haben einen gar nicht zum besten, aber Sie wissen nicht mit ihnen umzugehen«, sagte der Schulze jetzt belehrend. »Und dann sind Sie auch knauserig. Aber für nichts ist nichts: leerer Löffel zerreißt nur den Mund.«

»Völliger Idiot« – schoß es Mitja durch den Kopf, aber noch einmal griff er den gleichen Ton auf:

»Ich würde gar nicht knauserig sein, wenn die Sache nur Hand und Fuß hätte . . .«
»Wenn's daran nicht hapert, wird sich alles aufs beste machen lassen«, sagte der Schulze, seine Zigarette anzündend, und fuhr gleichsam etwas beleidigt fort: »Mir ist's nicht um einen Silberrubel, um Ihre Gabe etwa zu tun, ich möchte Ihnen bloß eine Freude machen. Ich sehe und sehe es doch: der junge Herr langweilt sich! Nein, denke ich da bei mir, das kann man so nicht gehen lassen. Ich denke immer bei allem an die Herrschaft. Ich bin jetzt das zweite Jahr bei Ihnen, aber weder von Ihnen noch von der gnädigen Frau habe ich gottlob je ein böses Wort gehört. Den andern zum Beispiel, was ist denen das Vieh von der Herrschaft? Ist es satt – gut, wenn nicht – hol's der Teufel! Bei mir gibt's so was nicht! Mir geht das Vieh über alles. Ich sag's auch immer meinen Leuten: mit mir macht, was ihr wollt, aber daß das Vieh bei mir satt und gut genährt ist! Das ist das erste, worauf ich halte!«
Mitja dachte schon, daß der Schulze angetrunken wäre, aber er ließ plötzlich den beleidigt-vertraulichen Herzenston fahren und sagte, indem er Mitja fragend über die Schulter anblickte:
»Wo ist eine bessere als die Aljonka? Ein junges Weibsbild zum Anbeißen, der Mann arbeitet im Bergwerk . . . Nur muß man ihr natürlich auch eine Kleinigkeit zustecken. Na, wenden Sie im ganzen, alles in allem, wollen wir sagen, fünf Rubel daran. Einen Silberrubel, wollen wir sagen, für Bewirtung – Sie nehmen irgendeinen Beerenschnaps, ein paar Sonnenblumenkerne, ein paar Honigkuchen mit Pfefferminz

mit –, zwei Rubel ihr in die Hand gedrückt . . . Na, und mir eine Kleinigkeit zu einem Päckchen Tabak . . .«

»Daran soll's nicht hapern«, antwortete Mitja wieder gegen seinen Willen. »Nur, von was für einer Aljonka redest du eigentlich?«

»Natürlich von der Waldhüter-Aljonka«, sagte der Schulze. »Kennen Sie sie etwa nicht? Die Schwiegertochter von unserm neuen Waldhüter. Sie müssen sie, glaube ich, am vorigen Sonntag in der Kirche gesehen haben . . . Ich hab' damals gleich gedacht: das wäre das Richtige für unsern jungen Herrn! Erst das zweite Jahr verheiratet, hält sich sauber . . .«

»Nun, gut denn«, erwiderte Mitja lächelnd, »richte es nur ein.«

»Dann werde ich mir also Mühe geben«, sagte der Schulze, die Zügel aufnehmend. »Ich werde sie in einigen Tagen mal ein bißchen ausholen. Aber Sie selbst dürfen bis dahin auch nicht schlafen. Morgen wird sie mit den Mägden bei uns im Garten den Umfassungswall in Ordnung bringen, da kommen Sie dann nur in den Garten . . . Die Bücher aber, die laufen Ihnen nie davon, die können Sie auch in Moskau noch zur Genüge lesen . . .«

Er trieb das Pferd an, und der Wagen begann von neuem zu stuckern und zu stoßen.

Mitja saß da, hielt sich kräftig am Sitzkissen fest, und bemüht, nicht auf den roten dicken Hals des Schulzen zu sehen, blickte er durch die Bäume seines Gartens und das Weidengestrüpp des Dorfes, das auf den Abhängen des Flußufers lag, in die Ferne, auf die Wiesen am Fluß. Etwas Toll-Unerwartetes, Abgeschmacktes,

Ungereimtes, etwas, das einem jedoch gleichzeitig einen qualvoll-schwülen Schauer durch den ganzen Körper jagte, war schon zur Hälfte getan. Und anders nun als zuvor, ragte vor ihm der ihm von Kindheit an vertraute Kirchturm aus den Wipfeln des Gartens, anders als zuvor glänzte das Kreuz darauf im Abendsonnenschein.

XX

Die Mägde nannten Mitja wegen seiner Magerkeit den Windhund, er war von jener Art Menschen, deren schwarze Augen beständig erweitert zu sein scheinen und bei denen selbst in reiferen Jahren fast kein Bart an Lippe und Kinn wächst, bei denen nur hier und da ein spärliches starres Haar sich kräuselt. Jedoch am Tage nach dem Gespräch mit dem Schulzen rasierte er sich gleich am Morgen und zog ein gelbseidenes Hemd an, das sein entnervtes und gleichsam geistbeseeltes Gesicht eigentümlich und schön aufhellte.

Um die elfte Stunde begab er sich in den Garten, indem er sich bemühte, sich ein vor lauter Nichtstun ein wenig gelangweiltes und müßiggängerisches Ansehen zu geben.

Er ging die nach Norden gelegene Haupttreppe hinunter. Über den Dächern der Wagenremise und der Viehställe und über jenem Teil des Gartens, aus dem immer der Kirchturm hervorschaute, lag schiefergraue Trübe. Alles war überhaupt glanzlos, Dunst lag in der Luft, es roch nach dem Schornstein der Gesindestube. Mitja bog ums Haus und lenkte seine Schritte nach der

Lindenallee, indem er nach den Baumwipfeln und dem Himmel blickte, nach unbestimmten Wolken, die hinter dem Garten verschwammen. Aus Südosten blies ein schwacher heißer Wind. Die Vögel sangen nicht, selbst die Nachtigallen schwiegen. Nur die Bienen schossen in großer Zahl, lautlos, blütenstaubbeladen durch den Garten.

Die Mägde, die den Wall in Ordnung brachten, arbeiteten wieder in der Nähe des Tannenwäldchens, sie füllten Vertiefungen im Wall auf, stopften vom Vieh zertrampelte Breschen aus, schütteten sie mit Erde zu und mit warmem, angenehm stinkendem Mist, den die Knechte von Zeit zu Zeit von den Viehställen her durch die Alleen heranfuhren – die ganze Allee war besät von feuchten glänzenden Klütern. Es waren an die sechs Bauerndirnen (Sonjka war nicht mehr darunter – man hatte sie doch dem Freier anverlobt, und sie saß zu Haus, mit irgendwelchen Vorbereitungen zu ihrer Hochzeit beschäftigt): es waren ein paar noch ganz schmächtige junge Mädelchen da, die sich indessen Mühe gaben, sich erwachsen zu benehmen und zu allem bereit zu sein; die dicke hübsche Anjutka war da, Glaschka, die noch herber und männlicher geworden zu sein schien – und Aljonka. Mitja erblickte sie sogleich durch die Bäume, sogleich begriff er, daß sie es war, obgleich er sie nie zuvor gesehen hatte, und wie der Blitz traf ihn eine unerwartete und jäh in die Augen springende Ähnlichkeit – oder es kam ihm nur so vor –, ein Etwas, das Aljonka mit Katja gemein hatte. Das war so erstaunlich, daß er sogar stehenblieb und einen Augenblick stutzte. Dann aber ging er entschlossen, ohne die Augen von ihr abzuwenden, gerade auf sie zu.

Sie war ebenfalls nicht groß und leichtbeweglich. Dessenungeachtet, daß sie zu einer schmutzigen Arbeit gekommen war, trug sie eine hübsche Jacke aus weißem, rotgetupftem Kattun, mit einem schwarzen Lackgürtel zusammengehalten, einen Rock aus gleichem Stoff, ein rosaseidenes Kopftuch, rote wollene Strümpfe, weiche, schwarze Sockenschuhe, und in diesen (oder richtiger: in ihrem ganzen kleinen, leichten Fuß) war wieder etwas von Katja, das heißt, vor allem eben etwas Weibliches, gemischt zugleich mit etwas Kindlichem. Und auch ihr Köpfchen war nicht groß, und ihre dunkeln Augen standen und strahlten fast so wie bei Katja. Als Mitja näher trat, war sie die einzige, die nicht arbeitete, gerad als fühlte sie ihre gewisse Eigenart unter den andern; sie stand auf dem Wall, den rechten Fuß auf die Mistgabel gestützt, und plauderte mit dem Schulzen. Der Schulze lag aufgestützt unter einem Apfelbaum, auf seiner Jacke, deren Futter zerrissen war, und rauchte. Mitja trat an ihn heran – er rückte höflich aufs Gras und überließ ihm den Platz auf der Jacke.

»Nehmen Sie Platz, Mitrij Palytsch, zünden Sie sich eine Zigarette an«, sagte er freundschaftlich und nachlässig.

Mitja warf verstohlen einen raschen Blick auf Aljonka – ihr rosa Kopftuch warf einen hellen hübschen Schein auf ihr Gesicht –, er ließ sich nieder, senkte die Augen und begann zu rauchen (viele Male hatte er im Laufe des Winters und dann im Frühling das Rauchen aufgegeben, jetzt fing er wieder damit an). Aljonka grüßte ihn nicht einmal, als ob sie ihn gar nicht bemerkt hätte. Der Schulze fuhr in seiner Unterhaltung mit ihr fort und sagte etwas, das Mitja nicht verstand, da er den Anfang des Gesprächs nicht gehört hatte. Sie lachte, aber auf eine Art, als ob weder Herz noch Verstand an diesem Lachen beteiligt wären. In jedem Satz brachte der Schulze geringschätzig und spöttisch mit seiner groben Stimme irgendwelche zotigen Anspielungen an. Sie antwortete ihm leicht und ebenfalls spöttisch, indem sie ihm zu verstehen gab, daß er sich bei irgendwelchen Absichten, die er auf jemanden gehabt, dumm benommen hätte, über die Maßen unverschämt und draufgängerisch und zugleich auch feige, indem er Angst vor seiner Frau gehabt hätte.

»Na, gegen dein Mundwerk kommt man nicht an«, sagte der Schulze schließlich, den Streit abbrechend, gewissermaßen, als ob ihn die Zwecklosigkeit desselben langweilte. »Wenn ich nicht verheiratet wäre, Mädel, ich hätte dir längst die Federn gerupft, daß es eine Art hätte! Noch ganz andere junge Stuten hat unsereins zugeritten! Komm lieber her und setz dich zu uns. Der junge Herr will dir ein Wörtchen sagen.«

Aljonka wandte die Augen zur Seite, stopfte sich ein paar dunkle Haarkringel an den Schläfen weg und rührte sich nicht vom Fleck.

»Komm her, dumme Trine, sag' ich!« wiederholte der Schulze.

Und nachdem sie sich einen Augenblick besonnen, sprang Aljonka plötzlich leicht vom Wall herunter, kam angelaufen, hockte sich auf die Fersen nieder, zwei Schritt von dem auf der Jacke liegenden Mitja, und blickte ihm lustig und neugierig mit ihren dunkeln, weit geöffneten Augen ins Gesicht. Dann lachte sie heraus und fragte:

»Ist es wahr, junger Herr, daß Sie ohne Weibsleute leben? Wie so ein Kirchenküster?«

Mitja, über und über rot, blickte mit einem unbehaglich verlegenen, krankhaften Lächeln auf ihren Rocksaum, ihre gespreizten Knie und schwieg, einen Grashalm zerbeißend.

»Woher weißt du denn, daß er ohne lebt?« fragte der Schulze.

»Ich weiß es eben«, sagte Aljonka, »ich hab's gehört. Nein, er mag halt nicht. Hat jemanden in Moskau«, sagte sie und ließ plötzlich ihre Augen spielen.

»Es gibt hier keine Passende für ihn, da läßt er's eben sein«, erwiderte der Schulze, »was verstehst du schon von seinen Angelegenheiten?!«

»Was, keine Passende?« sagte Aljonka lachend. »So viel Weiber und Bauerndirnen! Da die Anjutka – wo ist eine Bessere? Anjutka, komm einmal her, hier ist ein Geschäft für dich!« rief sie klingend.

Anjutka hatte kurze Arme und einen weichen breiten Rücken, sie wandte sich um – ihr Gesicht mit einer kleinen Ankernase und einem angenehmen Lächeln war sehr lieblich – sie rief mit singender Stimme eine Antwort und arbeitete noch eifriger weiter.

»Hörst du nicht, du sollst herkommen!« rief Aljonka noch heller.

»Ich hab' da nichts zu suchen, bin in solchen Geschäf-

ten nicht geübt«, sang Anjutka heiter, »für mich reicht all sein Kapital nicht aus!«
»Wir brauchen Anjutka nicht, wir wollen was Feineres, Vornehmeres«, sagte der Schulze nachdrücklich, »wir wissen selber, was wir brauchen.«
Und er blickte Aljonka überaus vielsagend an. Sie wurde leicht verlegen, errötete kaum merklich.
»Nein, nein, nein«, antwortete sie und verbarg ihre Verlegenheit hinter einem Lächeln, »was Besseres als die Anjutka könnt Ihr nicht finden. Und wenn Ihr die Anjutka nicht wollt, dann nehmt die Nastjka, die hält sich auch sauber, hat in der Stadt gedient . . .«
»Genug, schweig jetzt«, sagte der Schulze unerwartet grob. »Kümmere dich um deine eignen Sachen, genug gekeift. Die Herrin schilt schon so mit mir; wenn du dabei bist, sagt sie, wird eh' nur geklatscht und getratscht . . .«
Aljonka sprang auf – wieder mit ungewöhnlicher Leichtigkeit – und griff nach ihrer Mistgabel. Aber der Knecht, der in diesem Augenblick die letzte Fuhre Mist abgeladen hatte, rief: »Frühstücken!« und ratterte, die Zügel anziehend, flink mit seinem leeren Dungkasten die Allee hinunter.
»Frühstücken! Frühstücken!« riefen auch die Mägde vielstimmig durcheinander, warfen ihre Schaufeln und Gabeln hin, sprangen über den Wall, sprangen mit aufleuchtenden nackten Beinen und bunten Strümpfen von ihm herunter und eilten nach dem Tannenwäldchen zu ihren Bündeln.
Der Schulze schielte zu Mitja hinüber, zwinkerte ihm zu, als ob er damit ausdrücken wollte, daß die Sache

sich machte, und stimmte, sich erhebend, als Vorgesetzter zu:
»Nun, Frühstücksstunde ist Frühstücksstunde!«
Die Mägde setzten sich, buntschillernd vor der dunkeln Tannenwand, fröhlich und wie es gerade traf, hier und dort ins Gras, begannen ihre Bündel aufzuknüpfen, ihre Brotfladen herauszuholen und sie zwischen den gerade ausgestreckten Beinen auf dem unteren Rand des Rockes auszubreiten; sie begannen zu kauen und dazu aus ihren Flaschen die eine Milch, die andere Kwas zu trinken, während sie fortfuhren, laut und wirr durcheinander zu reden, jedes Wort zu belachen und alle Augenblicke mit neugierigen und herausfordernden Augen nach Mitja zu blicken. Aljonka beugte sich zu Anjutka und sagte ihr etwas ins Ohr. Anjutka ließ ihr bezauberndes Lächeln fahren, stieß sie mit unheimlicher Kraft zurück (Aljonka, vor Lachen prustend, sank mit dem Kopf in ihren Schoß) und rief in verstellter Empörung mit ihrer singenden Stimme über den ganzen Tannenwald:
»Dumme Gans, was gackerst du ohne Grund? Was ist das für ein Spaß?!«
»Retten wir uns vor der Sünde, Mitrij Palytsch«, sagte der Schulze, »guck einer, die reitet der Teufel!«
»Junger Herr!« schrie Aljonka hinter Mitja her, »aus Euch und der Anjutka kann nichts werden! Ihr seid wie ein Küster und sie wie ein fünfjähriges Kind!«

XXI

Auf dem Hof roch es nach Fett und Essensdunst aus dem Gesindeschornstein, in der Gesindestube wurde zu Mittag gegessen, die Hunde standen, mit den Schwänzen wedelnd, untertänig bereit und kriecherisch unter den Fenstern. Jenseits der Wiesen und des Flüßchens lag auf jener Seite das Dorf in ödem Grau. Alles war irgendwie besonders alltäglich – es gibt solche ganz besonders alltäglichen Tage. Die Luft war noch ebenso glanzlos und trüb, am Himmel schwammen noch dieselben unbestimmten Wolken und Schwaden, vom Süden blies es noch ebenso schwach und heiß.

Ins Haus zurückgekehrt, ging Mitja in sein Zimmer und legte sich hin, das Gesicht ins Kissen gedrückt. Er wußte und stellte es sich vor: nach dem Frühstück legten sich die Mägde sofort schlafen in der lauen Schwüle der Tannen, sie schlugen die Röcke hoch, bedeckten sich den Kopf damit und zogen die nackten Beine, die in Filzsocken steckenden Füße an . . . Auch Aljonka legte sich . . . Bei dem Gedanken an die Möglichkeit, sie zu besitzen – diese Möglichkeit aber hatte jetzt durchaus feste Form angenommen, war nicht zu bezweifeln –, stockte ihm jäh das Herz.

»Was ist das? Was ist das?« fragte er sich, »bin ich etwa wirklich schon in sie verliebt? Und Katja? Was für ein Unsinn, als ob sie Katja ähnlich wäre!«

Katja war etwas für sich, war in einer ganz andern, nicht alltäglichen Welt, und dennoch stiegen ihm Tränen brennender Zärtlichkeit und heißen Mitleids für

sie in die Kehle. Er hob den Kopf. Der Wind vor dem Fenster erregte lind das dichte, noch weiche zarte Grün des Gartens, die Baumwipfel, die Zweige bewegten sich träge schwankend, neigten sich, es waren noch letzte Spuren des Frühlings, von Katja, in ihnen ... Er sprang auf, setzte sich, das gelbe Hemd, Schrecken und Staunen überhellten sein blasses Gesicht.
»Nein, ich schicke ein Telegramm, ich fahre nach Moskau!« schoß es ihm wütend durch den Kopf. Wenn alles das auf einmal Unsinn wäre? Wenn auf einmal vielleicht einfach ein Brief verlorengegangen war oder sie einfach krank geworden, sich erkältet, sich ein paar Tage zu Bett gelegt hatte? Kann es nicht tausend und abertausend Gründe geben?
Da aber trat unhörbar auf nackten Füßen Parascha ein, überreichte ihm die Zeitung und eine Postkarte, sagte: »Bitte, zu Tisch!« und ging hinaus.
Die Postkarte war von Protassow:
»Mein lieber Ritter von der traurigen Gestalt, verzeih mein schweinisches Stillschweigen als Antwort auf alle Deine Briefe, der Grund ist leider ein äußerst harmloser: Büffelei und völliger Mangel an Neuigkeiten, die Deiner aufgeklärten Aufmerksamkeit wert wären. K. habe ich ein paarmal gesehen – sie ist in einer ziemlich säuerlichen Stimmung. In einigen Tagen, vor meiner Abreise zu den heimischen Penaten, schreibe ich ausführlicher ...«
Mitja biß die Zähne zusammen, warf, plötzlich böse aufgeheitert, die Postkarte auf den Schreibtisch und begab sich entschlossenen Schritts zum Mittagessen.

XXII

Am nächsten Tag wurde im Garten nicht gearbeitet, es war Feiertag, ein Sonntag.

In der Nacht hatte es gegossen, es rauschte feucht aufs Dach herunter, der Garten leuchtete immer wieder märchenhaft in einem fahlen Lichte breit auf. Gegen Morgen indessen klärte sich das Wetter wieder auf, es wurde wieder friedfertig und günstig, und Mitja wurde durch den fröhlich-festlichen sonnigen Glockendreiklang geweckt.

Ohne sich zu beeilen, wusch er sich, kleidete sich an, trank ein Glas Tee und ging zur Messe. »Die Frau Mama sind schon fort«, sagte Parascha mit freundlichem Vorwurf, »aber Sie machen es ja bald wie ein Tatar . . .«

Man konnte auf zwei Wegen nach der Kirche gelangen: entweder konnte man hinter dem Tor des Gutshofs rechts abbiegen und über die Weiden gehen, oder durch den Garten die Hauptallee entlang und dann zur Linken auf dem Pfad zwischen Garten und Tenne hindurch. Mitja nahm den Weg durch den Garten.

Alles war schon ganz sommerlich. Mitja schritt durch die Allee gerade auf die Sonne zu, die sommerlich prall auf der Tenne und den Feldern dahinter glänzte. Und dieser Glanz und der feiertägliche Glockenklang, der ganz besonders schön und friedlich mit diesem ganzen ländlichen Morgen übereinstimmte, und dann auch, daß Mitja sich eben erst gewaschen, seine noch feuchten glänzenden schwarzen Haare gekämmt und seine Studentenmütze aufgesetzt hatte – alles das schien plötzlich so schön und gut, daß Mitja, der wieder die ganze Nacht nicht geschlafen hatte und wieder nächtlicherweise durch die Fülle der verschiedenartigsten Gedanken und Gefühle hindurchgegangen war, auf einmal von der Hoffnung auf eine glückliche Erlösung von allen seinen Folterqualen, auf Rettung, auf Befreiung von ihnen ergriffen wurde. Die Glocken spielten und riefen, die Tenne da vor ihm glänzte heiß, ein Specht hob, einen Augenblick innehaltend, seinen Schopf und lief am narbigen Stamm einer Linde hinauf bis in ihren lichtgrünen sonnigen Wipfel, weiße Schmetterlinge tummelten sich über dem im Schatten noch taunassen Gras, samtene rotschwarze Hummeln wühlten sich auf der Sonnenseite emsig in die Blütenkelche, die Vögel zwitscherten süß und sorglos ... Alles war, wie es so viele, viele Male in der Kindheit, in der Knabenzeit gewesen war, und so lebhaft stand Mitja die entzückende, unbekümmerte frühere Zeit vor Augen, daß auf einmal die Überzeugung auftauchte, daß Gott dennoch barmherzig sei und daß es – vielleicht – möglich wäre, ohne Katja auf der Welt zu leben. Und Mitja stellte sich vor, wie er, der junge Gutsherr, die allgemeine Aufmerksamkeit erregend, in einer Minute mit entblößtem Kopf die Stufen zu der kühlen Vorhalle hinansteigen wird; dann aber tritt er in die heiße, enge, sommerlich durchsonnte Kirche unter die Menge der geputzten Bauernweiber und Dirnen, die nach neuem Kattun riechen, und er sieht die in der dicken Luft zitternden goldenen Pünktchen der Kerzen und hört, wie heiter und unrein sie auf dem Chor in ganz verschiedenem Zeitmaß singen ...

»Ich werde wirklich zu den Mestscherskijs fahren«, dachte er und malte sich aus, daß vielleicht schellenklingelnd jetzt an der Einfriedung der Kirche irgend jemandes Dreigespann, feiertäglich angeschirrt, hielt, mit einem Kutscher in ärmellosem Plüschkaftan und einem federgeschmückten Hute auf dem Bock.

Er dachte sogar mit besonderen Freiergefühlen an die älteste der Mestscherskijschen Fräulein ... Sie hatte schon lange etwas für ihn übrig ... Sie hatte immer im Verkehr mit ihm etwas behaglich Verweilendes, Wohlmeinend-Spöttisches, sie hatte immer so eine Art, als ob sie – nur sie allein – über ihn Bescheid wüßte ... Und sie galt für eine Schönheit, war eine hochgewachsene, stolze Erscheinung ... Sie hatte herrliche Flechten und eine herrliche Weiblichkeit in ihren vollen ebenmäßigen Hüften, in den ebenmäßig und gerade abfallenden Linien ihres Rockes ...

Da aber hob Mitja die Augen – und sah zwanzig Schritt vor sich die eben in diesem Augenblick am Tor vorübergehende Aljonka. Sie trug wieder ihr rosaseidenes Kopftuch, dazu ein hellblaues Sonntagskleid mit Falbeln und neue Schuhe mit beschlagenen Absätzen. Sie ging rasch, sich im Gesäß wiegend, ohne ihn zu sehen, und er wich jäh zur Seite hinter die Bäume.

Nachdem sie entschwunden war, kehrte er mit klopfendem Herzen hastig um und ging aufs Haus zu. Er begriff auf einmal sowohl das eine, daß er in die Kirche gegangen war mit der geheimen Absicht, sie zu erblicken, wie auch das andere, daß es nicht anging, sie in der Kirche zu sehen, daß es dessen nicht bedurfte ...

XXIII

Während des Mittagessens brachte ein Eilbote ein Telegramm – Anja und Kostja teilten mit, daß sie übermorgen, am Dienstagabend, ankommen würden. Mitja verhielt sich dem gegenüber völlig gleichgültig.

Nach dem Essen lag er auf dem Rücken in dem geflochtenen Liegestuhl auf dem Balkon, hatte die Augen geschlossen, fühlte die heiße Sonne, die auf den Balkon herumkam, und horchte auf das sommerliche Summen der Fliegen. Sein Herz bebte, in seinem Kopf stand die unlösliche Frage: Wie würde die Sache mit Aljonka weitergehen? Wann würde sie sich endgültig entscheiden? Warum hatte der Schulze sie nicht gestern geradezu gefragt: ob sie einverstanden wäre und, wenn ja, dann wo und wann? Und neben dieser Frage quälte ihn eine andere: Sollte er seinen festen Entschluß, nicht mehr nach der Post zu reiten, brechen oder nicht? Sollte er nicht heute noch einmal, zum letztenmal hinreiten? Eine neue und sinnlose Verhöhnung seiner Eigenliebe erdulden? Eine neue und sinnlose Selbstzerfolterung durch eine letzte klägliche Hoffnung? Aber was konnte jetzt wohl dieser Ritt (in Wirklichkeit nur ein einfacher Spazierritt) seinen Folterqualen noch hinzufügen? War es jetzt denn nicht vollkommen offenbar, daß dort in Moskau alles für ihn auf immer vorbei war? Was hatte er überhaupt noch zu verlieren? Es blieb ihm noch eine Woche Frist! Gelang es ihm in dieser Woche, sich auf die eine oder andere Weise (durch seine Willenskraft oder sei's auch durch diese

Aljonka) zu retten – gut, wenn nicht – dann sollte es eben sein.
»Junger Herr!« klang plötzlich eine halblaute Stimme neben dem Balkon, »junger Herr, schlafen Sie?«
Er öffnete rasch die Augen, vor ihm stand der Schulze in einem neuen Kattunhemd und neuer Mütze. Sein Gesicht war sonntäglich, satt, leicht verschlafen und etwas vertrunken.
»Junger Herr, wir wollen schnell in den Wald fahren«, flüsterte er. »Ich hab' der Herrin gesagt, daß ich mit Triphon wegen der Bienen sprechen muß. Lassen Sie uns schnell losfahren, solange sie ruht, sonst, wenn sie aufwacht, überlegt sie es sich vielleicht noch anders ... Wir wollen etwas mitnehmen, um Triphon zu bewirten, er wird betrunken werden, Sie verwickeln ihn dann in ein Gespräch, und ich passe die Gelegenheit ab, der Aljonka ein Wörtchen zuzuflüstern. Wozu denn in der Tat die Sache noch lange hinziehn; wenn ja, dann ja, wenn nein – dann zum Teufel mit ihr, wir werden was Besseres finden. Kommen Sie schnell herunter, ich habe schon angespannt ...«
Mitja sprang auf, lief durchs Vorzimmer, ergriff seine Mütze und ging zur Wagenremise, wo ein junger feuriger Hengst, vor den Rennwagen gespannt, bereits wartete.

XXIV

Der junge Hengst zog vom Fleck weg scharf an und stob wie der Wind zum Tor hinaus. Der Kirche gegenüber hielten sie einen Augenblick vor einem Laden, holten ein Pfund Speck und eine Flasche Wodka heraus und jagten weiter. Bei der Ausfahrt aus dem Dorf flogen sie an einer Hütte vorüber, vor der die geputzte Anjutka stand, die nicht wußte, was mit sich anfangen; der Schulze rief ihr scherzend, aber grob zu: »Was stehst du da, hast nichts Besseres zu tun?«, und mit betrunkener, sinnloser und verbissener Tollkühnheit zog er dem Hengst die Zügel kräftig durchs Maul und klatschte ihm damit über die Kruppe. Der Hengst legte noch zu im Lauf.

Mitja, der im Sitz hochgeschleudert wurde, hielt sich aus allen Kräften fest. Im Nacken wurde er angenehm gebraten, ins Gesicht wehte ihm lau die aus den Feldern aufsteigende Hitze, die schon nach blühendem Roggen, nach Staub der Landstraße und nach Wagenschmiere roch. Der Roggen wogte, schillerte silbrig grau, wie irgendein wunderbares Pelzwerk, sanft gekräuselt, alle Augenblicke stiegen Lerchen darüber auf, sangen, schossen in schrägem Flug dahin und fielen nieder, weit vor ihnen blaute mild der Wald . . .

Nach einer Viertelstunde waren sie schon im Wald, und immer gleich forsch, über Baumstümpfe und Wurzeln stuckernd, rollten sie auf seinem schattigen Wege dahin, der freudig heiter war von Sonnenlichtern und zahllosen Blumen im hohen, dichten Gras zu beiden Seiten.

Aljonka saß in ihrem hellblauen Kleid, die Füße in den Halbschuhen gerade und gleichmäßig nebeneinander ausgestreckt, neben dem Waldhüterhäuschen unter knospenden jungen Eichen und stickte irgend etwas.

Der Schulze flog, ihr mit der Knute drohend, an ihr vorüber und hielt in voller Fahrt vor der Haustür an. Mitja war ganz betroffen durch das herbe und frische Aroma des Waldes, des jungen Eichenlaubes; das schallende Gebell der kleinen Hunde, die den Wagen umringten und den ganzen Wald mit Widerhall erfüllten, betäubte ihn. Sie standen und kläfften wie rasend in allen Tonarten, aber ihre zottigen Schnauzen waren gutmütig und ihre Schwänze wedelten.
Sie stiegen aus, banden den Hengst an ein dürres, vom Blitzschlag versengtes Bäumchen unter den Fenstern und traten ohne sich zu beeilen durch den dunkeln Flur ein.
In dem Waldhüterhäuschen war es sehr sauber, sehr traulich und sehr eng, heiß sowohl von der Sonne, die aus dem Wald durch beide Fensterchen hereinschien, wie auch vom Ofen, der geheizt worden war – sie hatten am Morgen Brot gebacken. Fedossja, Aljonkas Schwiegermutter, eine langzähnige, aber reinliche, ehrwürdig anzuschauende Alte, saß am Tisch mit dem Rücken zu dem sonnigen, mit kleinen Fliegen besäten Fenstern, den Ellenbogen des rechten Arms in die linke Hand gestützt, die Wange auf die rechte Hand gelegt. Als sie den jungen Gutsherrn erblickte, erhob sie sich und verneigte sich tief. Nach der Begrüßung nahm man Platz und begann zu rauchen.
»Wo ist denn Triphon?« fragte der Schulze.
»Er ruht aus, drüben in der ›kühlen Stube‹«, sagte Fedjossa, »ich will ihn nur gleich rufen gehn.«
»Die Sache macht sich!« flüsterte der Schulze und

zwinkerte mit beiden Augen, sobald sie hinausgegangen war.
Mitja sah vorläufig nicht das geringste von einer Sache, die sich machte. Vorläufig war es nur unerträglich peinlich – es schien, als verstünde Fedossja recht gut, weswegen sie gekommen wären –, es war bedrückend und aufregend. Wieder blitzte der Gedanke, der ihn nun schon den dritten Tag quälte, auf: Was tue ich denn? Ich verliere den Verstand! – Er fühlte sich wie ein Mondsüchtiger, der, einem fremden Willen untertan, immer rascher und rascher auf einen verhängnisvollen, aber unentrinnbar anziehenden Abgrund zugeht, oder wie ein Mensch, der verzweifelt in eine anscheinend unbedingt notwendige furchtbare Operation willigt, weil augenscheinlich nur sie allein Rettung bringen kann. Aber bemüht, harmlos und ruhig auszusehen, saß er da, rauchte und sah sich in dem Waldhüterhäuschen um . . .
Besondere Scham flößte ihm der Gedanke ein, daß sogleich Triphon hereinkommen würde, ein böser, gescheiter Bauer, wie man sagte, der sofort alles noch viel besser als Fedossja verstehen würde. Allein gleichzeitig war da noch ein anderer Gedanke: Wo mag sie schlafen? Hier auf der Pritsche, oder drüben in der ›kühlen Stube‹? Natürlich drüben, dachte er. Sommernacht im Wald, die Fenster drüben in der Stube haben keine Flügel, keine Scheiben, die ganze Nacht hindurch hört man das schlaftrunkene Waldesrauschen, sie aber schläft da ganz allein, ganz allein . . . Oh, Katja, Katja! Oh, was tust du?! dachte er wortlos voller Entsetzen.

XXV

Fedossja kam nach einem Augenblick zurück, sagte, daß Triphon gleich kommen würde und wandte sich sofort an den Schulzen:

»Du bist gut, Herr, was für Lügenmärchen bastelst du da über unsre Aljonka im Dorf zusammen?«

Der Schulze machte erstaunte Augen und begann, sich zu rechtfertigen. Und es entbrannte ein ungereimtes, für Mitja unverständliches Gespräch. Aus Fedossjas Worten konnte er nur etwas der Art entnehmen, als ob der Schulze irgendeinem »Ökonomieschreiber« vorgeschlagen hätte, ihm Aljonka »zuzuführen«, dann aber selbst im Dorf darüber getratscht, ja obendrein noch das Gerücht verbreitet hätte, als lebte sie schon mit dem Schreiber zusammen! Plötzlich ließen sich Schritte hinter der Tür vernehmen – und Fedossja sowie der Schulze verstummten im selben Augenblick.

Triphon trat ein und verneigte sich ebenfalls tief vor Mitja, aber schweigend, ohne ihm in die Augen zu sehen. Dann setzte er sich auf einen Schemel vor dem Tisch und redete den Schulzen trocken und feindselig an: worum sich's handelte? weswegen er ihn aufgesucht? Der Schulze beeilte sich zu sagen, daß ihn die Herrin schickte, daß sie Triphon bitten ließe, zu kommen und sich ihren Bienenstand anzusehen, daß ihr Imker ein tauber alter Dummkopf wäre, daß er, Triphon, aber, was Verstand und Sachkenntnis beträfe, doch vielleicht der erste Bienenzüchter im ganzen Gouvernement wäre – und ungesäumt zog er aus seiner einen Hosentasche die Flasche Wodka, aus der andern den Speck in rauhem, schon durch und durch gefettetem grauem Papier. Triphon schielte kalt und spöttisch danach hin, erhob sich aber von seinem Platz und langte eine Teetasse vom Wandbrett herunter. Der Schulze bot zuerst Mitja an, dann Triphon, dann Fedossja – mit Vergnügen schlürfte sie die Tasse bis auf den Grund aus –, und schließlich goß er sich selber ein. Als er ausgetrunken hatte, begann er sofort, Brot kauend und die Nüstern blähend, zum zweitenmal in der Runde anzubieten.

Triphon wurde ziemlich schnell betrunken, verlor jedoch nicht seine Trockenheit und spöttische Feindseligkeit. Der Schulze wurde nach der zweiten Tasse von schwerem Stumpfsinn befallen. Äußerlich nahm die Unterhaltung einen freundschaftlicheren Charakter an, aber beider Augen blickten mißtrauisch und tückisch. Fedossja sah schweigend, sah höflich, aber unzufrieden aus. Aljonka ließ sich nicht blicken. Da Mitja jede Hoffnung darauf, daß sie hereinkommen würde, verloren hatte und klar erkannte, daß es ein völlig närrischer Traum wäre, jetzt noch darauf zu rechnen, daß es dem Schulzen gelingen würde, ihr ein »Wörtchen« zuzuflüstern, selbst wenn sie noch käme, da er nun überhaupt vollends davon überzeugt war, daß die ganze Fahrt vergeblich gewesen und ihm nur Schande und widerwärtige Qualen gebracht hatte – der Schulze hatte sich einfach betrunken und zu irgendwelchen eigenen Zwecken Triphon auf seine, Mitjas, Kosten mit Wodka traktiert! –, so erhob er sich und sagte streng, daß es an der Zeit sei, heimzufahren.

»Gleich, gleich, es hat keine Eile!« gab der Schulze verdrießlich und unverschämt zurück. »Ich habe noch ein Wörtchen mit Ihnen zu reden.«
»Das kannst du auch unterwegs tun«, sagte Mitja beherrscht, aber noch strenger.
Aber der Schulze schlug mit der flachen Hand auf den Tisch und wiederholte mit betrunkener Rätselhaftigkeit:
»Und ich sage Ihnen, daß es unterwegs nicht geht! Kommen Sie einen Augenblick mit mir heraus . . .«
Und schwerfällig von seinem Platz aufstehend, riß er die Tür zum Flur auf. Mitja folgte ihm hinaus.
»Nun, was soll's?«
»Schweigen Sie!« flüsterte der Schulze, die Tür hinter Mitja anlehnend, und blickte ihn schwankend, schläfrig, Schnapsdunst ausströmend, an.
»Worüber schweigen?«
»Schweigen Sie!«
»Ich verstehe dich nicht.«
»Schweigen Sie. Wir kriegen sie! Mein Wort drauf!«
Und zwinkernd machte er eine unanständige Gebärde.
Mitja stieß ihn zurück, verließ den Flur, blieb aber auf der Schwelle stehen und wußte nicht, was tun: noch ein wenig warten oder allein wegfahren, oder sollte er nicht einfach zu Fuß fortgehen?
Zehn Schritte vor ihm lag der dichte grüne Wald schon in abendlichem Schatten und daher noch frischer, reiner und schöner. Die reine klare Sonne sank hinter seine Wipfel, streute strahlend ihr Dukatengold durch sie hindurch. Und plötzlich erklang schallend, dann verhallend in der Waldestiefe irgendwo, weit drüben

nach jener Seite, so schien es, jenseits der Schluchten, eine weibliche singende Stimme, und zwar so lockend, so bezaubernd, wie sie nur im Walde um die Stunde sommerlicher Abendröte klingt.
»A-u!« rief die Stimme gedehnt, sich ersichtlich am Waldeswiderhall ergötzend, »A-u!«
Mitja sprang von der Schwelle und lief über Blumen in den Wald hinein. Der Wald senkte sich zu einer steinigen Schlucht hinunter. In der Schlucht stand Aljonka und aß Kuckucksklee. Mitja lief bis an den oberen Rand des Abhangs heran und blieb dann stehen. Sie schaute ihn von unten mit erstaunten Augen an.
»Was machst du da?« fragte Mitja halblaut, außer Atem vor Herzklopfen.
»Ich suche unsre Marusska mit der Kuh. Was ist?« antwortete sie ebenfalls halblaut.
»Sag, wirst du kommen?«
»Soll ich umsonst kommen?« sagte sie. »Im Taglohn arbeitet man doch auch um Geld!«
»Wer sagt dir, daß du's umsonst sollst?« fragte Mitja nun schon fast im Flüsterton. »Darum sorg' dich nur nicht.«
»Aber wann?« fragte Aljonka.
»Morgen denn . . . Wann kannst du?«
Aljonka überlegte.
»Morgen gehe ich zur Mutter, ihr Schaf scheren«, sagte sie nach kurzem Stillschweigen und sah sich vorsichtig im Wald auf der Anhöhe hinter Mitja um. »Abends, wenn es dunkelt, werde ich kommen. Aber wohin? In der Tenne geht es nicht, es könnte wer hereinkommen. Wollt Ihr in der Schutzhütte, im Wiesengrund bei

Euch im Garten? Nur gebt acht und betrügt mich nicht, umsonst verstehe ich mich nicht dazu . . . Hier ist nicht Moskau«, sagte sie und blickte mit lachenden Augen zu ihm herauf, »da, sagt man, zahlen die Weibsleute gar selber dafür . . .«

XXVI

Ihre Rückfahrt war beispiellos.

Triphon war dem Schulzen nichts schuldig geblieben, er hatte seinerseits eine Flasche aufgetischt, und der Schulze hatte sich so betrunken, daß er sich nicht beim ersten Versuch gleich in den Wagen setzen konnte, sondern erst einmal hinfiel, der erschreckte Hengst aber riß sich los und wäre fast allein davongaloppiert. Allein Mitja schwieg, blickte den Schulzen gefühllos an und wartete geduldig, bis er seinen Platz eingenommen hatte. Der Schulze jagte wieder mit törichtem Ungestüm dahin. Mitja schwieg, hielt sich ordentlich fest und blickte nach dem Abendhimmel, nach den Feldern, die vor ihm flimmerten und auf und nieder tanzten. Über den Feldern sangen die Lerchen gen Westen ihre letzten kurzen Weisen, im Osten, der schon nächtlich dunkel blaute, blitzte jenes ferne, friedliche Wetterleuchten auf, das nichts anderes verheißt als gutes Wetter. Mitja begriff wohl diesen ganzen Zauber des Abends, allein er war ihm jetzt völlig fern und fremd. In seiner Seele, in seinem Sinn stand nur das eine: morgen abend!

Zu Hause erwartete ihn die Nachricht, daß ein Brief gekommen mit der Bestätigung, daß Anja und Kostja morgen mit dem Abendzug ankommen würden. Er erschrak – sie werden ankommen, abends in den Garten laufen, sie könnten zum Heuschober, in den Wiesengrund stürmen . . . Doch sogleich fiel ihm ein, daß sie nicht vor neun von der Bahn da sein könnten, dann würde man ihnen erst etwas zu essen vorsetzen, sie würden Tee trinken . . .

»Wirst du sie abholen?« fragte Olga Petrowna.

Er fühlte, daß er erblaßte.

»Nein, ich glaube nicht . . . Ich möchte nicht sehr gern . . . Man kann sich da auch nirgends hinsetzen . . .«

»Nun, du könntest ja zum Beispiel hinreiten . . .«

»Ach nein, ich weiß nicht . . . Warum denn eigentlich? Im Augenblick habe ich wenigstens gar keine Lust dazu . . .«

Olga Petrowna sah ihn aufmerksam an.

»Fehlt dir etwas?«

»Nicht im geringsten«, sagte Mitja fast grob, »ich möchte nur sehr gerne schlafen gehen . . .«

Und er begab sich sofort auf sein Zimmer, legte sich im Dunkeln aufs Sofa und schlief ein, ohne sich zu entkleiden . . .

Nachts vernahm er eine ferne, getragene Musik und sah sich über einem ungeheuren, schwacherhellten Abgrund schweben. Es wurde immer lichter und lichter, immer grundloser, immer goldener, strahlender, menschenreicher, freudiger und prunkvoller – und ganz deutlich, in unsagbarer Trauer und Zärtlichkeit, klang und sang es: »Es war ein König in Thule . . .«, er erbebte vor Rührung, wandte sich auf die andere Seite – und schlief wieder ein.

XXVII

Der Tag schien endlos.

Mitja kam hölzern, wie erstarrt zum Tee, zum Mittagessen, ging danach wieder in sein Zimmer und legte sich wieder hin, nahm vom Schreibtisch einen dort schon lange herumliegenden Band Turgenjew, las, ohne ein Wort zu verstehen, starrte lange an die Decke, horchte auf das gleichförmige sommerlich, seidige Rauschen des sonnigen Gartens vor dem Fenster. Dann stand er auf und ging in die Bibliothek. Aber dieses entzückende Zimmer erinnerte ihn mit seiner Altfränkischkeit, mit seiner Ruhe, mit seinem Blick, der aus dem einen Fenster auf den geheiligten Ahorn, aus dem andern auf den hellen Westhimmel ging, so schneidend an jene (jetzt schon so endlos fernen) Frühlingstage, da er darin gesessen und Gedichte in den alten Zeitschriften gelesen hatte, es schien so sehr Katjas Raum zu sein, daß er umkehrte und schnell zurückging. »Zum Teufel!« dachte er gereizt, byzantinische Augen, Ritter von der traurigen Gestalt! Zum Teufel mit diesem ganzen poetischen Tragismus der Liebe!«

Voller Entrüstung entsann er sich seiner Absicht, sich zu erschießen, wenn kein Brief von Katja käme, er kehrte in sein Zimmer zurück, legte sich wieder hin und machte sich wieder an Turgenjew. Aber wie vorher verstand er nichts von dem, was er las, hin und wieder aber, wie er ins Buch blickend an Aljonka dachte und sich ihren Körper vorstellte, begann er an allen Gliedern zu beben, geschüttelt von einem immer anwachsenden Zittern in der Magengegend. Und je näher der Abend kam, um so häufiger packte ihn der Schauer. Die Stimmen und Schritte im Haus, auf dem Hof – der Wagen, der nach der Bahn fahren sollte, wurde schon angespannt –, alles klang so, wie zur Zeit einer Krankheit, wenn man allein liegt, ringsum aber das gewöhnliche Alltagsleben weitergeht, gleichgültig gegen einen und darum fremd, ja feindlich. Endlich schrie Parascha aufgeregt: »Gnädige Frau, es ist angespannt!« – Man hörte das nüchterne Gebimmel der Schellen, dann das Trappeln von Hufen und das Knirschen des vor die Treppe vorfahrenden Wagens ... »Ach, wann, wann bloß hört das endlich alles auf!« murmelte Mitja außer sich vor Ungeduld, ohne sich zu rühren, horchte aber gierig auf die Stimme von Olga Petrowna, die in der Bedientenstube Parascha und der Köchin letzte Befehle erteilte. Plötzlich bimmelten die Schellen von neuem, und, immer zusammenhängender unter dem Geräusch der den Hügel hinunterrollenden Equipage klingelnd, erstarb ihr Geläut ...

Mitja erhob sich rasch und ging in den Saal. Im Saal war es leer und hell vom gelblichen Sonnenuntergang. Im ganzen Haus war es leer, und zwar ganz seltsam leer und verlassen. Mit einem eigentümlichen, gleichsam abschiednehmenden Gefühl blickte Mitja die Flucht der geöffneten Zimmer entlang – ins Wohnzimmer, ins Diwanzimmer, in die Bibliothek, durch deren Fenster abendlich der südliche Horizont blaute, der malerische Wipfel des Ahorns grünte, über dem, als rosiger Punkt nur, der Antares flimmerte ... Dann warf er einen Blick in die Bedientenstube, ob nicht Parascha etwa darinnen wäre. Nachdem er sich überzeugt, daß es auch dort leer war, ergriff er seine Mütze vom Kleiderständer, lief zurück in sein Zimmer und sprang aus dem Fenster, seine langen Beine weit in die Blumenrabatten hinauswerfend. Einen Augenblick blieb er dort stockenden Herzens stehen, dann lief er, sich duckend, in den Garten und bog sogleich in eine verwilderte Seitenallee ein, die dicht mit Akazien- und Fliederbüschen zugewachsen war.

XXVIII

Es war kein Tau gefallen, daher konnten die Düfte des abendlichen Gartens gar nicht besonders spürbar sein. Doch Mitja schien es, bei aller Unbewußtheit seines Handelns an diesem Abend, daß er noch nie in seinem Leben – ausgenommen vielleicht in seiner frühsten Kindheit – einer solchen Stärke und Mannigfaltigkeit von Düften begegnet war wie eben jetzt. Alles duftete – die Büsche der Akazien, die Blätter des Flieders, die Blätter der Johannisbeersträucher, des Huflattichs, des Beifußes, die Blumen, das Gras – die Erde selbst duftete mit fast unnatürlicher Lebendigkeit.
Nachdem er hastig einige Schritte gemacht mit dem Gedanken: Wenn sie mich nun betrügt und nicht kommt? – es schien jetzt, daß das ganze Leben davon abhinge, ob Aljonka kommen würde oder nicht –, fing Mitja inmitten der Gerüche, die Pflanzen und Gewächse ausströmten, auch noch den Geruch abendlichen Rauches von irgendwoher aus dem Dorf auf; noch einmal blieb er stehen und wandte sich für einen Augenblick um: ein Abendkäfer schwamm langsam in

der Luft und summte irgendwo um ihn herum, ganz so, als ob er Stille, Beruhigung und Dämmerung säte, aber es war noch hell vom Abendwiderschein, der den halben Himmel mit seinem gleichmäßigen, lange nicht verlöschenden Licht der ersten sommerlichen Abendröten überzogen hatte, über dem Dach des Hauses jedoch, das hier und da durch die Bäume sichtbar war, blinkte hoch im durchsichtigen leeren Himmelsraum die strenge und spitze Sichel des jungen Neumonds. Mitja blickte zum Himmel auf, bekreuzigte sich rasch und flach über der Herzgrube und schritt in die Akazienbüsche hinein. Die Allee führte nach dem Wiesengrund, aber nicht zur Schutzhütte, dorthin mußte man eine schräge Richtung einschlagen, sich mehr links halten. Und Mitja, über die Büsche steigend, lief ohne Weg quer hindurch unter weitausladenden Apfelbäumen, indem er sich bald niederbückte, bald die Äste von seinem Gesicht fortbog. Nach einer Minute war er schon am vereinbarten Platz.

Voller Grauen drängte er sich in die Schutzhütte, in ihre Dunkelheit hinein, die nach trockenem faulendem Stroh roch, sah sich scharf um und überzeugte sich fast mit Freude, daß noch niemand da war. Aber der verhängnisvolle Augenblick rückte näher, und er stand neben dem Hüttchen, ganz in empfindlichste Wachsamkeit, in angespannteste Aufmerksamkeit verkehrt. Fast den ganzen Tag hatte eine ungewöhnliche körperliche Erregtheit ihn nicht einen Augenblick verlassen. Jetzt hatte sie ihre äußerste Stärke erreicht. Aber seltsam – wie am Tage, so war sie auch jetzt eine irgendwie selbständige, für sich bestehende, sie durchdrang ihn nicht ganz, beherrschte nur seinen Körper, ohne die Seele in Mitleidenschaft zu ziehen. Sein Herz jedoch schlug unheimlich. Ringsumher aber war es so auffallend still, daß er nur eines hörte – dieses Schlagen. Lautlos und unermüdlich schwebten, kreisten weiche, farblose Nachtfalter in den Zweigen, im grauen Laub der Apfelbäume, zeichneten sich in mannigfaltigen Figuren vom Abendhimmel ab, und dadurch schien die Stille noch stiller, als ob die Falter sie geheimnisvoll heraufbeschworen und zauberisch bannten. Plötzlich knirschte etwas irgendwo hinter ihm – und dieser Laut traf ihn wie ein Donnerschlag. Jäh wandte er sich um, blickte durch die Bäume in der Richtung des Walls – und sah, daß sich unter den Ästen der Apfelbäume etwas Schwarzes rasch auf ihn zu bewegte. Ehe er sich aber noch überlegen und die Frage vorlegen konnte, was es sei, da machte dieses Dunkle, das auf ihn zugeeilt war, eine weite Bewegung – und erwies sich als Aljonka.

Sie streifte den hochgeschlagenen Saum ihres kurzen Rockes aus selbstgewebtem schwarzem Wollstoff vom Kopf, warf ihn zurück, und er erblickte ihr erschrockenes, lächelnd strahlendes Gesicht. Sie war barfuß, nur mit dem Rock bekleidet und einem einfachen groben Hemd, das in den Rock hineingesteckt war. Unter dem Hemd standen ihre jungfräulichen Brüste. Der weit ausgeschnittene Kragen entblößte ihren Hals und einen Teil der Schultern, die über den Ellenbogen hochgestreiften Ärmel ließen die runden Arme frei. Und alles an ihr, von dem nicht großen, mit einem gelben Tuch bedeckten Köpfchen bis zu den kleinen nackten

Füßen, die frauenhaft und kindlich zugleich waren, war so hübsch, so behend, so bestrickend, daß Mitja, der sie bisher immer nur geputzt gesehen und sie zum erstenmal im ganzen Reiz dieser Einfachheit erblickte, innerlich aufstöhnte.

»Nun, flink nur«, flüsterte sie lustig und verstohlen, und schlüpfte, nachdem sie sich sorglich umgeschaut, in den Schober, in seine strohduftende dunkle Dämmerung.

Dort blieb sie stehen, Mitja aber, die Zähne zusammenbeißend, um ihr Klappern zu unterdrücken, senkte eilig die Hand in seine Tasche – seine Beine waren angespannt, fest wie Eisen – und steckte ihr eine zerknitterte Fünfrubelnote in die Hand. Sie barg sie rasch im Busen und setzte sich auf den Boden. Mitja setzte sich neben sie, umschlang ihren Hals und wußte nicht, was tun – ob er sie nun zu küssen hatte oder nicht. Der Geruch ihrer Kleider, ihres Haares, der Zwiebelduft ihres ganzen Körpers, vermischt mit dem Geruch der Bauernhütte und des Rauchs – das alles war schwindelerregend köstlich, und Mitja begriff es, fühlte es. Und dennoch war es dasselbe wie vorher: eine unheimliche Stärke des Verlangens, das nicht in seelisches Verlangen überging, nicht in Seligkeit, Hingerissenheit, Verschmachten seines ganzen Wesens. Sie warf sich zurück und legte sich auf den Rücken. Er legte sich neben sie, drängte sich an sie heran, streckte die Hand aus. Leise und nervös lachend fing sie sie ein und zog sie fort.

»Nein, nicht, auf keinen Fall«, sagte sie halb im Scherz, halb im Ernst. Sie lenkte seine Hand ab und hielt sie fest umklammert mit ihrer kleinen Hand, ihre Augen blickten durch die dreiwinklige Luke des Schobers nach den Zweigen der Apfelbäume, nach dem nun ganz dunkel gewordenen Himmel hinter diesen Zweigen und nach dem unbeweglichen roten Pünktchen des Antares, der noch immer einsam dort stand. Was drückten diese Augen aus? Was war zu tun? Sie auf den Hals küssen, auf die Lippen? Plötzlich sagte sie hastig, indem sie nach ihrem kurzen schwarzen Rock faßte: »Nun, flink nur, ja . . .«

Als sie sich erhoben – Mitja stand auf, völlig gebrochen vor Enttäuschung – fragte sie, ihr Kopftuch übernehmend und ihre Haare ordnend, in vertraulichem, angeregtem Flüsterton, wie ein ihm nur ganz nahestehender Mensch, wie eine Geliebte: »Sie waren vorgestern in Subbotino, sagt man. Der Pope soll dort billig Ferkel verkaufen. Stimmt das?«

XXIX

In dieser Woche, am Sonnabend, goß der Regen, der schon am Mittwoch eingesetzt hatte und von Morgen bis Abend strömte, geradezu wie aus Eimern herunter. Besonders stürmisch, finster und erbost, steigerte sich das Unwetter an diesem Tage noch unaufhörlich.

Und den ganzen Tag über wanderte Mitja unermüdlich durch den Garten und den ganzen Tag über weinte er so schrecklich, daß er sich zeitweise selbst über die Stärke und Überfülle seiner Tränen wunderte.

Parascha suchte ihn, schrie im Hof, in der Lindenallee, rief ihn zum Mittagessen, dann zum Teetrinken – er gab keine Antwort.

Es war kalt, durchdringend feucht, dunkel vor Wolken; auf ihre Schwärze hob sich das dichte Grün des nassen Gartens besonders voll, frisch und leuchtend ab. Der Wind, der von Zeit zu Zeit angeflogen kam, schüttelte von den Bäumen noch einen zweiten Guß – einen ganzen Sturzbach sprühender, spritzender Tropfen. Doch Mitja sah nichts, achtete auf nichts. Seine weiße Mütze hing aufgeweicht herunter, wurde dunkelgrau, seine Gymnasiastenjacke schien schwarz vor Nässe, seine Schaftstiefel waren bis an die Knie herauf voll Schmutz. Triefend, bis auf die Knochen durchnäßt, war er, ohne einen Blutstropfen im Gesicht, mit verweinten wahnwitzigen Augen, unheimlich schrecklich.

Er rauchte eine Zigarette nach der andern, ging mit weiten Schritten durch den Schmutz der Alleen, zuweilen aber auch einfach, wie es sich traf, aufs Geratewohl durch das hohe nasse Gras, unter den Apfel- und Birnbäumen hindurch, sich an ihren verkrümmten dürren Ästen spießend und stoßend, die mit grünlichgrauen nassen Moosflechten bunt gefleckt waren. Er saß auf den verquollenen naßschwarzen Bänken, ging nach dem Wiesengrund hinunter, lag auf dem nassen Stroh in der Schutzhütte, an derselben Stelle, wo er drei Tage zuvor mit Aljonka gelegen. Von der Kälte, von der eisigen Nässe der Luft liefen seine großen Hände blau an, seine Lippen wurden lila, sein totenblasses Gesicht mit den eingefallenen Wangen nahm einen violetten Ton an. Er lag auf dem Rücken mit gekreuzten Beinen, die Arme unter dem Kopf verschränkt und stierte irr nach dem schwarzen Strohdach empor, von dem große rostige Tropfen herunterfielen. Dann preßten sich seine Kinnladen zusammen, seine Augenbrauen begannen zu zucken. Jäh sprang er auf, zerrte aus seiner Hosentasche einen schon hundertmal gelesenen, verfleckten und zerknitterten Brief, den er gestern spät am Abend bekommen hatte – ein Feldmesser hatte ihn mitgebracht, der in Geschäften für einige Tage nach dem Gutshof gekommen war – und verschlang ihn gierig zum hundertundersten Mal:

»Lieber Mitja, gedenken Sie meiner nicht im bösen, vergessen Sie, vergessen Sie alles, was gewesen ist! Ich bin schlecht, abscheulich, verderbt, ich bin Ihrer unwürdig, aber ich liebe die Kunst bis zum Wahnsinn. Mein Entschluß ist gefaßt, das Los geworfen, ich reise fort – Sie wissen, mit wem ... Sie sind feinfühlig, Sie sind verständig, Sie werden mich verstehen, ich beschwöre Dich, quäle nicht Dich und mich! Schreib mir auch nicht, es ist zwecklos! ...«

Als er an diese Stelle kam, ballte Mitja den Brief ingrimmig zusammen, fiel auf die Seite nieder, und, das Gesicht in das nasse Stroh gewühlt, biß er die Zähne wie rasend aufeinander und erstickte vor Schluchzen. Dieses unvermutete »Du«, das so entsetzlich an ihre frühere Vertraulichkeit erinnerte, sie gewissermaßen wieder von neuem herstellte und das Herz mit unerträglicher Zärtlichkeit überströmte – das ging über menschliche Kräfte. Neben diesem »Du« aber die feste Erklärung, daß ihr zu schreiben sogar jetzt »zwecklos« sei! O ja, ja, er wußte es: zwecklos! Alles war aus, aus für immer! Sie war eine Gefallene, mit Schmach befleckt auf ewig und unwiderruflich! Und keine Gren-

zen gab es für die verzweiflungsvolle Ohnmacht, die Liebe, die Zärtlichkeit und für den Abscheu vor ihr!
Gegen Abend trieb ihn endlich der Regen, der mit verzehnfachter Stärke auf den Garten herunterschüttete und nun zu einer wahren Sintflut mit unerwarteten Donnerschlägen angewachsen war, ins Haus. Naß von Kopf bis Fuß, mit klappernden Zähnen und eisigem Schüttelfrost in allen Gliedern schaute er hinter den Bäumen hervor, und, nachdem er sich überzeugt hatte, daß ihn niemand sähe, lief er bis zu seinem Fenster, schob es von außen hoch – es war ein altmodischer Fensterflügel, der zur Hälfte hinauszuschieben war –, sprang in sein Zimmer, schloß die Türe ab und warf sich auf sein Bett.
Es wurde rasch dunkel. Überall rauschte der Regen – auf dem Dach, ums Haus herum, im Garten. Es rauschte auf zwei verschiedene Weisen: einmal im Garten, und das andere Mal dicht am Haus, begleitet von dem ununterbrochenen Gurgeln und Plätschern der Traufen, die das Wasser in die Pfützen ergossen. Das bereitete Mitja, der sofort in eine lethargische Erstarrung gefallen war, eine unerklärliche Erregung und versetzte ihn zusammen mit der Fieberhitze, in der seine Nasenflügel, sein Atem und sein Kopf glühten, gleichsam in eine Narkose, schuf irgendeine andere Welt um ihn herum, irgendeine andere abendliche Stunde in einem andern fremden Haus, das erfüllt war von einem fürchterlichen Vorgefühl.
Er wußte, er fühlte, daß er sich in seinem vom Regen und vom sinkenden Abend schon fast dunkeln Zimmer befand, wußte, daß dort im Saal am Teetisch die

Stimme der Mama, die Stimmen von Anja, von Kostja und von dem Feldmesser zu hören waren, aber gleichzeitig ging er durch irgendeinen fremden Saal hinter seiner vor ihm entweichenden jungen Kinderwärterin her, und ein unerklärliches, immer mehr anwachsendes Grauen packte ihn, allein ein Grauen, gemischt mit sinnlichen Gelüsten, mit dem Vorgefühl eines nahen Beieinanders von jemand mit jemandem, eines Beieinanders, in welchem etwas Widernatürlich-Ekelerregendes lag, an dem er selbst aber irgendwie teilhatte. Alles dies fühlte er durch das Medium eines Kindes mit großem weißem Gesicht (das aber gleichzeitig ein Gemälde, ein Bildnis Alexander des Ersten war) und das, rücklings im Arme einer jungen Wärterin liegend, von ihr getragen und gewiegt wurde. Mitja beeilte sich, sie zu überholen, holte sie auch ein und wollte ihr eben schon ins Gesicht sehen – ob es nicht am Ende Aljonka war –, aber unversehens befand er sich in einem düsteren Klassenzimmer des Gymnasiums, dessen Fensterscheiben mit Kreide ganz verschmiert waren. Diejenige, die darin vor der Kommode, vorm Spiegel stand, konnte ihn nicht sehen – er war ja unsichtbar geworden. Sie hatte einen gelbseidenen Unterrock an, der sich eng um ihre runden Hüften schmiegte, ausgeschnittene Schühchen mit hohen Absätzen, feine durchbrochene schwarze Strümpfe, durch welche ihr Fleisch hindurchleuchtete, und sie wußte, in süßer Scheu und Scham, was jetzt gleich geschehen würde. Sie hatte das Kind schon in der Schublade der Kommode zu verbergen vermocht. Den Zopf über die Schultern werfend, begann sie ihn rasch einzuflechten und blickte, nach der Tür schielend, in den Spiegel, wo sich ihr gepudertes Gesichtchen, ihre entblößten Schultern, die milchig-zartblauen kleinen Brüste mit den rosigen Spitzen und das niedrige Mieder widerspiegelten. Ein Herr im Smoking, mit blutlosem, glattrasiertem Gesicht und kurzem lockigem schwarzem Haar, der von irgendwoher aufgetaucht war, zog ein flaches goldenes Zigarettenetui hervor und begann ungezwungen zu rauchen. Sie blickte ihn, ihren Zopf zu Ende flechtend, schüchtern an, da sie sein Ziel kannte, dann schleuderte sie ihren Zopf über die Schulter zurück und hob die nackten Arme ... Herablassend umfaßte er ihre Taille – und sie umschlang, ihre dunkeln Achselhöhlen zeigend, rasch seinen Hals, schmiegte sich an ihn und verbarg ihr Gesicht an seiner Brust ... Mit der freien linken Hand begann er rasch ihren gelben Unterrock hochzuraffen ...

XXX

Und Mitja kam zu sich, ganz in Schweiß gebadet, mit der erschütternd klaren Erkenntnis, daß er verloren sei, daß es in der Welt so ungeheuerlich hoffnungslos und düster sei, wie es selbst in der Hölle, jenseits des Grabes nicht sein könnte. Im Zimmer lag Dunkelheit, vor den Fenstern rauschte und plätscherte es, und dieses Rauschen und Plätschern war (durch den bloßen Klang sogar) unerträglich für seinen von Frostschauern durch und durch geschüttelten Körper. Unerträglicher und entsetzlicher als alles andere war die ungeheuerliche Widernatürlichkeit menschlicher Paarung, die er eben gleichsam mit dem glattrasierten Herrn geteilt hatte. Aus dem Saal waren Stimmen und Lachen zu vernehmen. Auch diese Stimmen waren entsetzlich und widernatürlich durch ihr Entfremdetsein, durch ihre Lebensroheit, ihre Gleichgültigkeit und Erbarmungslosigkeit ihm gegenüber . . .

»Katja!« sagte er, setzte sich im Bett auf und warf die Beine herunter. »Katja, was ist das!« sagte er laut, vollkommen überzeugt, daß sie ihn höre, daß sie hier sei, daß sie stumm blieb und nur darum nichts erwiderte, weil sie selbst zermalmt war, selbst das Grauenhafte von alledem begriff, was sie angerichtet hatte und was nie wiedergutzumachen war. »Ach, einerlei, Katja!« flüsterte er bitter und zärtlich, und wollte damit sagen, daß er ihr alles vergebe, wenn sie ihm nur wie früher entgegeneilen würde, damit sie sich zusammen retten könnten – ihre wunderschöne Liebe retten könnten in jener wunderherrlichen Frühlingswelt, die so kürzlich noch dem Paradies geglichen hatte. Doch als er dieses »Ach, einerlei, Katja!« geflüstert hatte, begriff er sogleich, daß dem nicht so war, daß es nicht einerlei war, daß es keine Rettung, keine Rückkehr mehr zu jener wundergöttlichen Vision, die ihm einmal in Schachowskoje auf dem jasminumwucherten Balkon zuteil geworden war, gab, auch nicht geben könnte, und leise begann er zu weinen vor einem Weh, das ihm die Brust zerriß.

So stark war es, dieses Weh, so unerträglich, daß er, ohne zu bedenken, was er tat, ohne sich bewußt zu sein, wie alles dies ausgehen würde, nur in dem leidenschaftlichen Verlangen – sich, sei's auch nur für einen

Augenblick, davon zu befreien und nicht wieder in jene grauenvolle Welt zu geraten, in der er den ganzen Tag verbracht, und wo er eben noch im grauenhaftesten und abstoßendsten aller Erdenträume geweilt –, daß er mit zitternder Hand nach seiner Nachttischlade tastete, sie aufzog, den kalten und schweren Knauf seines Revolvers griff, tief und freudig aufseufzte und, den Mund öffnend, kraftvoll, mit tiefer Wonne abdrückte.

Bibliothek Suhrkamp

Verzeichnis der letzten Nummern

682 Hans Henny Jahnn, Die Nacht aus Blei
683 Luigi Malerba, Geschichten vom Ufer des Tibers
684 Robert Walser, Kleine Dichtungen
685 Reinhold Schneider, Verhüllter Tag
688 Hans Carossa, Führung und Geleit
689 Ferdinand Ebner, Das Wort und die geistigen Realitäten
690 Hugo Ball, Zur Kritik der deutschen Intelligenz
695 Gertrude Stein, Ida
696 Odysseas Elytis, Ausgewählte Gedichte
697 Wisława Szymborska, Deshalb leben wir
699 Machado de Assis, Dom Casmurro
700 Peter Weiss, Abschied von den Eltern
701 Wladimir Tendrjakow, Die Abrechnung
702 Ernst Weiß, Der Aristokrat
703 Christian Wagner, Gedichte
704 August Strindberg, Plädoyer eines Irren
706 Ernst Penzoldt, Zugänge
707 Mercè Rodoreda, Reise ins Land der verlorenen Mädchen
709 Yasushi Inoue, Das Tempeldach
710 Bertolt Brecht, Mutter Courage und ihre Kinder
712 J. Rodolfo Wilcock, Das Buch der Monster
715 Bohumil Hrabal, Schneeglöckchenfeste
716 Michel Leiris, Lichte Nächte und mancher dunkle Tag
717 Colette, Diese Freuden
718 Heinrich Lersch, Hammerschläge
719 Robert Walser, An die Heimat
720 Miguel Angel Asturias, Der Spiegel der Lida Sal
721 Odysseas Elytis, Maria Nepheli
722 Max Frisch, Triptychon
724 Heinrich Mann, Professor Unrat
726 Bohumil Hrabals Lesebuch
727 Adolf Muschg, Liebesgeschichten
728 Thomas Bernhard, Über allen Gipfeln ist Ruh
729 Wolf von Niebelschütz, Über Barock und Rokoko
730 Michail Prischwin, Shen-Schen
732 Heinrich Mann, Geist und Tat
733 Jules Laforgue, Hamlet oder die Folgen der Sohnestreue
734 Rose aus Asche
736 Jarosław Iwaszkiewicz, Drei Erzählungen
737 Leonora Carrington, Unten
738 August Strindberg, Der Todestanz
739 Hans Erich Nossack, Das Testament des Lucius Eurinus
741 Miguel Angel Asturias, Der Böse Schächer
742 Lucebert, Die Silbenuhr
743 Marie Luise Kaschnitz, Ferngespräche
744 Emmanuel Bove, Meine Freunde
745 Odysseas Elytis, Lieder der Liebe

746 Boris Pilnjak, Das nackte Jahr
747 Hermann Hesse, Krisis
748 Pandelis Prevelakis, Chronik einer Stadt
749 André Gide, Isabelle
750 Guido Morselli, Rom ohne Papst
752 Luigi Malerba, Die Entdeckung des Alphabets
753 Jean Giraudoux, Siegfried oder Die zwei Leben des Jacques Forestier
754 Reinhold Schneider, Die Silberne Ampel
755 Max Mell, Barbara Naderer
756 Natalja Baranskaja, Ein Kleid für Frau Puschkin
757 Paul Valery, Die junge Parze
758 Franz Hessel, Heimliches Berlin
759 Bruno Frank, Politische Novelle
760 Zofia Romanowiczowa, Der Zug durchs Rote Meer
761 Giovanni Verga, Die Malavoglia
762 Roland Barthes, Am Nullpunkt der Literatur
763 Ernst Weiß, Die Galeere
764 Machado de Assis, Quincas Borba
765 Carlos Drummond de Andrade, Gedichte
766 Edmond Jabès, Es nimmt seinen Lauf
767 Thomas Bernhard, Am Ziel
768 Ödön von Horváth, Mord in der Mohrengasse / Revolte auf Côte 3018
769 Thomas Bernhard, Ave Vergil
770 Thomas Bernhard, Der Stimmenimitator
771 Albert Camus, Die Pest
772 Norbert Elias, Über die Einsamkeit der Sterbenden in unseren Tagen
773 Peter Handke, Die Stunde der wahren Empfindung
774 Francis Ponge, Das Notizbuch vom Kiefernwald / La Mounine
775 João Guimarães Rosa, Doralda, die weiße Lilie
776 Hermann Hesse, Unterm Rad
777 Lu Xun, Die wahre Geschichte des Ah Q
778 H. P. Lovecraft, Der Schatten aus der Zeit
779 Ernst Penzoldt, Die Leute aus der Mohrenapotheke
780 Georges Perec, W oder die Kindheitserinnerung
781 Clarice Lispector, Die Nachahmung der Rose
782 Natalia Ginzburg, Die Stimmen des Abends
783 Victor Segalen, René Leys
785 Uwe Johnson, Skizze eines Verunglückten
786 Nicolás Guillén, Ausgewählte Gedichte
787 Alain Robbe-Grillet, Djinn
788 Thomas Bernhard, Wittgensteins Neffe
789 Vladimir Nabokov, Professor Pnin
790 Jorge Luis Borges, Ausgewählte Essays
791 Rainer Maria Rilke, Das Florenzer Tagebuch

792 Emmanuel Bove, Armand
793 Bohumil Hrabal, Bambini di Praga
794 Ingeborg Bachmann, Der Fall Franza/Requiem für Fanny Goldmann
795 Stig Dagerman, Gebranntes Kind
797 Peter Weiss, Fluchtpunkt
798 Pierre Loti, Aziyadeh
799 E. M. Cioran, Gevierteilt
800 Samuel Beckett, Gesellschaft
801 Ossip Mandelstam, Die Reise nach Armenien
802 René Daumal, Der Analog
803 Friedrich Dürrenmatt, Monstervortrag über Gerechtigkeit und Recht
804 Alberto Savinio, Unsere Seele/Signor Münster
805 Henry de Montherlant, Die Junggesellen
806 Ricarda Huch, Lebenslauf des heiligen Wonnebald Pück
807 Samuel Beckett, Drei Gelegenheitsstücke
808 Juan Carlos Onetti, So traurig wie sie
809 Heinrich Böll, Wo warst du, Adam?
810 Guido Ceronetti, Das Schweigen des Körpers
811 Katherine Mansfield, Meistererzählungen
812 Hans Mayer, Ein Denkmal für Johannes Brahms
813 Ogai Mori, Vita sexualis
814 Benito Pérez Galdós, Miau
815 Gertrud Kolmar, Gedichte
816 Rosario Castellanos, Die neun Wächter
817 Bohumil Hrabal, Schöntrauer
818 Thomas Bernhard, Der Schein trügt
819 Martin Walser, Ein fliehendes Pferd
820 Gustav Januš, Gedichte
821 Bernard von Brentano, Die ewigen Gefühle
822 Franz Hessel, Der Kramladen des Glücks
823 Salvatore Satta, Der Tag des Gerichts
824 Marie Luise Kaschnitz, Liebe beginnt
825 John Steinbeck, Die Perle
826 Clarice Lispector, Der Apfel im Dunkel
827 Bohumil Hrabal, Harlekins Millionen
828 Hans-Georg Gadamer, Lob der Theorie
830 Jacques Stéphen Alexis, Der verzauberte Leutnant
831 Gershom Scholem, Judaica 4
832 Elio Vittorini, Erica und ihre Geschwister
833 Oscar Wilde, De Profundis
834 Peter Handke, Wunschloses Unglück
835 Ossip Mandelstam, Schwarzerde
836 Mircea Eliade, Dayan / Im Schatten einer Lilie
837 Angus Wilson, Späte Entdeckungen
838 Robert Walser, Seeland

Bibliothek Suhrkamp

Alphabetisches Verzeichnis